甘肃省艺术基金
GANSU PROVINCE ARTS FUND

DUNHUANG
SHOUHUREN

敦煌守护人

孙儒僩回忆录

SUN RUXIAN
HUIYILU

孙儒僩——著

甘肃文化出版社
甘肃·兰州

图书在版编目（CIP）数据
敦煌守护人 ： 孙儒僴回忆录 / 孙儒僴著. -- 兰州 ： 甘肃文化出版社, 2025. 4. -- ISBN 978-7-5490-3059-0
Ⅰ. I251
中国国家版本馆CIP数据核字第2025B8E606号

敦煌守护人：孙儒僴回忆录
孙儒僴 | 著

策　　划 | 周乾隆　甄惠娟
责任编辑 | 刘　燕
特邀编辑 | 周　丹
封面设计 | 马吉庆

出版发行 | 甘肃文化出版社
网　　址 | http://www.gswenhua.cn
投稿邮箱 | gswenhuapress@163.com
地　　址 | 兰州市城关区曹家巷 1 号 | 730030（邮编）

营　　销 | 贾　莉　王　俊
电　　话 | 0931-2131306

设计制版 | 兰州大雅文化艺术有限公司
印　　刷 | 西安国彩印刷有限公司
开　　本 | 787 毫米 ×1092 毫米　1/32
字　　数 | 180 千
印　　张 | 8.125
版　　次 | 2025 年 4 月第 1 版
印　　次 | 2025 年 4 月第 1 次
书　　号 | 978-7-5490-3059-0
定　　价 | 68.00 元

前言

早在 1947 年，孙儒僩先生就来到了敦煌莫高窟，与同仁一起开创了敦煌石窟保护研究的事业。那个年代，莫高窟没有电，他们喝的是苦涩的宕泉河的水，生活条件极其艰苦。但是，为了保护和研究莫高窟这一人类文化遗产，孙儒僩先生和他的同仁一直坚持下来了。那时，孙儒僩先生是唯一一位学建筑专业的人员，因此，凡是莫高窟保护加固建设等问题，都由孙先生负责，不论是窟前的围墙、窟门，还是上下洞窟的台阶、栈道及河边的防洪堤坝等，都离不开孙先生。20 世纪 50 年代，敦煌艺术研究所改为敦煌文物研究所，80 年代又扩建为敦煌研究院，孙儒僩先生先后担任敦煌文物研究所保护室主任、敦煌研究院保护研究所所长，在敦煌工作了近半个世纪。莫高窟、榆林窟、西千佛洞许多重大的保护工程都由孙先生主持或参与勘察、设计，直到最后完工，孙先生为敦煌石窟的保护工程倾注了全部的精力。莫高窟、榆林窟、西千佛洞，留下了孙儒僩先生来来往往的足迹和辛勤的汗水。孙儒僩先生还参与了甘肃省炳灵寺石窟、麦积山石窟和天梯山石窟等的调查与保护工程，为甘肃的石窟文物保护事业作出了重大贡献。

孙儒僩先生在主持或参与一系列保护工程的同时，还致力于莫高窟建筑的研究，他长年累月对莫高窟的洞窟建筑，包括窟檐的木构建筑等进行详尽的调查，也对壁画中大量的古建筑图像做了深入研究。同时，孙儒僩先生发表了一系列学术论文，先后出版了《敦煌石窟全集·石窟建筑卷》《敦煌石窟全集·建筑画卷》《敦煌石窟保护与建筑》等，成为敦煌石窟建筑研究及中国建筑史研究的重要参考。

“文化大革命”时期，孙儒僩先生和夫人李其琼老师被下放到四川农村去务农。后来，孙先生夫妇又无怨无悔地回到了莫高窟，因为这里有他们的事业，他们牵挂着莫高窟的每一个洞窟和每一块壁画。直到退休后，孙儒僩先生仍在参与文物保护工程及相关的学术活动，不断思考着敦煌石窟的保护工作。如今虽年逾九旬，依然笔耕不辍。

2019 年 8 月 19 日，习近平总书记视察敦煌莫高窟，在敦煌研究院主持召开了座谈会并发表重要讲话，习近平总书记充分肯定了敦煌研究院七十多年来取得的丰硕成果，并对“坚守大漠，甘于奉献，勇于担当，开拓进取”的莫高精神给予高度赞扬。莫高精神正是以常书鸿、孙儒僴等先生为代表的一代又一代莫高窟人用生命和汗水铸就的精神理念，由于他们的执着坚守，由于他们的担当开拓，不仅使敦煌石窟得到了妥善保护，而且在石窟文物的科学保护、敦煌学研究等方面取得了令人瞩目的成就，以敦煌艺术为代表的中华优秀传统文化得以传承和弘扬。

1984 年，我大学毕业来到敦煌研究院工作，对孙儒僴先生等前辈专家学者非常景仰。后来在与孙先生及夫人李其琼老师的接触中，感到他们随和亲切，平易近人，对我们年轻人非常关心。又因为我在编辑部工作，李其琼老师的《李其琼敦煌壁画临摹选集》和《敦煌艺缘》都由我担任责任编辑。其间时常有幸向孙、李两位前辈老师请教敦煌艺术的诸多问题。记得编辑《敦煌艺缘》一书时，孙先生就一定要我写序，他说我是懂李其琼老师的画的。这次先生又嘱咐我为他的《敦煌守护人——孙儒僴回忆录》写序，不禁感慨系之。作为晚辈，我在敦煌研究院三十多年中，不断受到老一辈学者们的关怀与熏陶，段文杰、史苇湘、孙儒僴、李其琼、贺世哲、施萍婷、樊锦诗、彭金章等可亲可敬的前辈们，给予了我多方关爱。他们的为人与为学，他们对敦煌石窟执着的热爱，不断地激励着我。孙儒僴先生已九十七岁高龄，仍然念念不忘敦煌石窟的保护与研究事业，他的一生就是“莫高精神”的最好诠释。

此书不仅真实记录了几十年来与莫高窟保护研究相关的历史，而且让我们体会到老一辈专家在那个物质贫乏的艰苦年代，不计个人得失，一心扑在文物保护事业中的高尚品质。从中我们可以感受到老一辈学人一生的坚守和奉献。希望有更多的读者喜欢这本书。衷心祝愿孙儒僴先生健康、长寿！

赵声良

2022 年 1 月

目录

初踏敦煌：大漠深处的召唤 / 1

千里迢迢赴敦煌……3
在敦煌的第一个春节……31
从敦煌艺术研究所到敦煌文物研究所……36

古韵新篇:莫高窟的新生之路 / 53

莫高窟古树虫害防治纪事……55
莫高窟园林绿化往事……61
从书信到数字互联……68
敦煌水电站的 60 秒光明……72
生活用水攻坚记……79
光影里的岁月留痕……86
莫高窟的朗朗书声……98

守护记忆:石窟保护的峥嵘岁月 / 105

千相塔残塑整理手记……107
高僧洪辩像回归藏经洞始末……114

关于“石室宝藏”牌坊和“慈氏之塔”的拆迁与复原纪事……122
从标尺到图纸：莫高窟壁画面积的丈量史……139
石窟档案保护，任重而道远……144
“砸毁一批清代塑像”的真相……152
榆林窟及西千佛洞保护散记……156
敦煌艺术与蜀地文化……174
中原文物巡礼记略……178

大漠赤子：我们都是莫高人 / 203

不能忘却的他们……205
首位长眠莫高窟的雕塑家……216
宿白先生与敦煌的不解之缘……223
重回莫高窟……227
一位莫高窟的孩子走了……246

后　记……251

初踏敦煌

大漠深处的召唤

千里迢迢赴敦煌

我是四川成都人。1947 年，我们一行四人从成都出发远赴敦煌莫高窟工作。那时从成都到敦煌有两千多公里，交通困难，路途坎坷，历经一个多月才到达敦煌。

* 莫高窟敦煌艺术研究所工作人员合影

孙儒僩与夫人李其琼在莫高窟

当时的敦煌艺术研究所人员不多，全部员工不到 30 人。比我们早一年到敦煌的还有两位四川人，一位是段文杰，另一位是范文藻。加上在我们来敦煌之前不久离开的凌春德，以及比我们稍晚来的史苇湘和周星祥，一共有九位来自四川。到 1949 年 9 月，还有五位四川人继续留在敦煌工作。

七十多年过去了，为敦煌工作一生的四位四川籍先生先后辞世了，现在我已经是近百岁的老人，抚今追昔，令人感慨不已。几十年的奋斗、几十年的风雨、几十年的成就一时无法说清，这里我只回忆当年如何走向敦煌之路。

找个借口去敦煌

1946 年冬，我从四川省立艺术专科学校建筑科毕业。第二年年初在成都润记营造厂当技术员，四月份又被调到重庆总厂工作。当时抗日战争胜利不久，百废待兴，建筑行业十分兴旺。重庆的七月正是炎热的季节。正在我忙得不可开交的时候，成都的女朋友发来电报，告诉我敦煌艺术研究所要招聘一个学建筑的工作人员。我对敦煌的情况不是很了解，上学时从老师的讲课中知道敦煌后，一直很向往。于是我借着要回成都完婚（当时我 22 岁）的理由，经理也深信不疑，很痛快地准了我半月假期。记得那时在重庆两路口汽车站临行时，有同学范志宣和李其琼来送行。

匆匆返回成都，一是了解去敦煌的有关事项，再就是看望妈妈和交往不久的女同学罗丽舒，并征求她们的意见。我到

* 1947 年与孙儒僴一路结伴来到敦煌工作的三个女生和常沙娜在玩沙（前后依次为欧阳琳、薛德嘉、常沙娜、黄文馥）

重庆工作是第一次离家远行，现在竟然要跋涉几千里到大西北的敦煌去工作，事情太突然，家人有点担心是自然的事情。

我去请教辜其一先生，他说："敦煌有一处规模很大的古迹，有很多的壁画、雕塑和古建筑，那里有一个研究所，所长是知名画家常书鸿，你去了以后可以搜集一些古建筑资料，也可以学画画，但那里太偏僻，可能比较艰苦，不要紧，工作两三年就回来。"听说我打算去，他便勉励我去了努力工作。先生之言至今言犹在耳！

说实在的，我当时还十分幼稚，带着一种向往的憧憬决定了敦煌之行。出发前的几天，每天都和女朋友在一起，有一天我们去看了一场电影，我至今还记得电影的名字叫《芦花翻白燕子飞》。事后我送她回学校，走到学校附近的草地上相依坐着。我们在一起说了些什么都忘记了，只记得她说的唯一一句话是"你可能会像芦花翻白时的燕子了吧"。

几天之后，我就踏上了去敦煌的路，和我同时应聘敦煌艺术研究所的还有黄文馥、欧阳琳和薛德嘉三位女同学，她们都是应用艺术科的应届毕业生，虽然与我不是同科系的，但都比较熟悉，能够结伴同行倒是愉快的事。就当时的交通条件来说，从成都到敦煌的路程相当遥远。我们四人都没有出过远门，好在薛德嘉的家里在四川邮政总局有熟悉的人，可以买到川陕公路的邮政车票，车沿川陕公路途经四川的新都、广汉、德阳、绵阳、梓潼、剑阁、广元，在陕西境内经褒城、宁强到双石铺转宝鸡，再到甘肃天水。

经过一番商量和准备之后，我们一行四人于 1947 年 7 月 31 日终于踏上了去敦煌的旅程。那天早晨，我们在成都暑袜北街邮政总局门前上车，有家人和亲戚朋友前来送行，其中还有李承仙。当汽车开动前，她大声说："敦煌见！"我们以为她是说着玩的，后来到了敦煌才知道，李承仙与常书鸿先生早已有了婚约，只是我们一点也不知道罢了。

我们所乘的邮政汽车是一辆美国造的小道奇，进口的时间不长，车还是新的，是专门运送邮件的，车子上面加盖了篷布，前后是敞开的。因为邮件比较轻，不够吨位可以附带拉几个人以增加收入。我们上车前已经装了很多邮袋，横七竖八的，我们上车以后大家把邮袋稍加整理，各人把自己的行李安顿好，这就是自己的座位。车上除了我们四名同学之外，还有两位国民党的军官及其家属，一共八九个人。

车行驶在川陕公路上，田原风光尽收眼底。我第一次走出成都，好奇地欣赏着快速移动的风景。晚上抵梓潼县。因为薛德嘉是梓潼人，当晚就住在她家中，并受到很好的招待。

这是我敦煌之行的第一个夜晚，虽经一天的颠簸有些疲倦，但思绪万千一时难以入睡。想到临行前，母亲为我收拾行李，真切感受到"慈母手中线，游子身上衣。临行密密缝，意恐迟迟归"的含义。我给母亲说："我去那里工作两年就回来。"我还想到当时正交往的一位音乐科的女同学。对于千里之外的敦煌，我不知道前面等待我的将是什么？当然我也没想到这次敦煌之行，竟成为我人生的巨大转折点。

* 1948 年，在敦煌的薛德嘉、常沙娜、黄文馥、欧阳琳（左起）

离蜀赴陕

从成都出发一路上都是平原。经新都、广汉之后逐渐有了浅山丘陵，路过剑阁之后就是川北有名的翠云廊。公路两侧是连绵不断的老柏树，两个人都合抱不住，盘根错节，苍劲挺拔，据说是蜀汉张飞种植的。

这一路上山明水秀、风光无限。行至一山谷的出口处，司机把车停了下来，我们下车后才发现公路是依山而修，路狭崖峻，路边的一块石碑上书“剑门关”三个大字。山前是一片开阔地带，地势陡然下降很多，汽车沿着险峻的公路蜿蜒而下。回首一望，剑门关只是一道狭窄的山间缝隙，两旁的石壁犹如刀砍斧劈一样，绵延了不知多远，形成川北的一道天然屏障，成为“一夫当关，万夫莫开”的天下雄关。

离开剑门关，行至一条小河边时，发现河水淹没了过河的小木桥。木桥本来就很简陋，被水淹了以后，看不清桥面的情况，为了安全起见，司机不敢贸然通过，只有把车停在路边等山洪消退。这里前不着村后不着店，天色渐晚，车上的人都饥肠辘辘。公路两旁全是即将成熟的苞米，但是无柴无火，苞米又不能生吃。正在一筹莫展的时候，司机领我们穿过几片苞米地，找到了一户农家。一个妇女正在做晚饭，我们向她说明情况，她为我们煮了一些鸡蛋，并卖给我们一些玉米饼子，又从一个大缸里捞出一些酸菜。那酸菜吃起来既脆又酸，也许是饿了吧，觉得非常香！天色渐黑，仍然不能过桥，只好夜宿车中。车外斜风细雨，虽为夏季，车中也渐有凉意。司机提醒我们，这里太荒凉，睡觉警醒一点，以防不测。我们八九个人蜷缩在车上，我也渐渐入睡。在朦胧中我听见有人打鼾，雨声渐停，蚊虫又开始袭扰，在伸手不见五指的车上，只有任其侵扰攻击。

直到曙色初透。司机下车察看水情，洪水已经消退，小桥也可以通过了，在天色微明中我们向广元进发。广元在嘉陵江的右岸，公路在其左岸。车行进到嘉陵江的渡口，前面已经有不少汽车停在路边等待摆渡。我们的车是邮政车，有优先过渡的权利，所以汽车直接开向岸边等待摆渡船。

在上船之前，渡口哨兵到车上盘查，那两个军官指着我问："你们几个是不是一起的？干啥的？到哪里去？"我回答："是学生，一起的，到甘肃去。"同时我又把学校的证明给他看，他看了一下说："什么研究所？"我说："敦煌艺术研究所。"他说："什么艺术？修脚、剃头也是艺术！"我有点生气了，正要发作，司机边递眼色边在旁边说："几个年轻人到甘肃找个工作，混碗饭吃。"然后他又大声喊道："上车上车，渡船来了。"我也趁机离开了那个哨兵，急忙上了车。后来才知道，因为广元是川北重镇，是通往陕西的必经之路，渡口哨卡对青年人盘查得比较严格，要不是司机给我递眼色，如果和那位哨兵顶撞起来，当天我可能就要吃亏。总算过了这一关。

当晚住在一个小旅店，夜间大风怒吼，不断有屋瓦被吹落的声音，在成都平原我从未经历过。晨起问堂倌，说广元夏季多这种大风，名"公猛风"，广元北面是秦岭，大概是受地形的影响吧！

第四日汽车沿着嘉陵江的右岸向北前进，在离广元两三公里的山崖上有密密麻麻的佛龛，紧靠公路边上的佛龛已经残破不堪了，可能是修公路时遭到了破坏。司机告诉我们，这里叫千佛崖，当时我就联想到我们要去的敦煌是不是就是这个样子呢？在去敦煌的路上，这个问题一直困扰着我。敦煌的洞子叫千佛洞，我想象洞子一定是矮矮的、深深的，里面可能非常阴暗，我们几个初出茅庐的同学一路上老是讨论这一话题。经千佛崖多少给了我们点想象的参考。

千佛崖过去不久，江面越来越窄，山崖险峻。公路是从山腰上炸出的，路的里侧和上面都是山岩，另一侧下临的就是江水。公路很窄，勉强可以通过两辆汽车，汽车在转弯的时候还可以看见公路下面的山崖上有一排排整齐的方孔。同行的军官告诉我们，那就是古人修的栈道。车在崇山峻岭间一会盘旋而上，一会逶迤而下。峰回路转，两山之间距离看上去那么近，似乎说话都能听见，我们几个的心也一直是悬着的。路是抗战期间抢修完成

* 1947 年与孙儒僩一路结伴来到敦煌工作的三个女生在莫高窟（从左到右依次为黄文馥、薛德嘉、欧阳琳）

的，相当简陋。一整天都在大山中迂回前行，不过在陡山险路之中，秦岭的风光也令人赞叹。我记得在一处山谷中，有一处庙宇掩映在苍松翠柏之间，其间殿阁耸峙，环境十分清幽，很像是神仙洞府。同行的告诉我们，这是张良庙，为了赶路，司机没有让我们下车，真是可惜。川陕道上的历史古迹很多，我们是第一次出远门，知识很贫乏，一路上什么都不知道，实在是幼稚得很。

下午到双石铺。川陕公路到双石铺以后，向北可到宝鸡，经宝鸡再向西北即进入甘肃天水。我们乘坐的邮政车的目的地是宝鸡，在这里我们只得另找汽车去甘肃了。双石铺是一个很小的镇子，街面上没有一间像样的房子，下车后我们去了一个很小的旅店，实际是一个可怜得很的“鸡毛店”。我们爬了一段很陡的坡进入一个小门，里面没有院子，进门就是几间小屋。店的女主人打开一间小屋，门的两旁各摆着一张床板，床板上没有卧具，我们问有没有好一点的房子，她说都一样。为了省钱，她们三人住一间，我住在她们隔壁的另一间，两房之间只隔着很薄的板墙。我们四人都没有出过远门，没有住过这样的旅店，心里暗暗为安全担心。

住的问题勉强解决之后，明天继续向天水前进还是个问题，在天黑之前我们得找到去天水的汽车。第二天，经打听双石铺没有汽车站，过路的汽车就停在坡下的茶馆门前。这里地方很小，我很快就找到了茶馆，门前就停着一辆既破又旧的客车，在茶馆里找着了司机，是一个头发花白的小老头，川东口音，还是老乡。我向他说明情况，车是从宝鸡到天水的，路线正好，他却说车上人满了。我虽然出门不多，但估计他说的不是真话。目的是要我们买黄鱼票（司机私自卖的黑票）。我向他说了些好话，请他帮忙。他问我是干啥的，我说是学生到甘肃谋生的。他这才很义气地说："看在我们是老乡的份上，明天一早你们就在这里上车。"后来我讲好了车钱，估计他多收了我们的钱，可同时也给了我们一些方便。去甘肃的票终于买好了。

进入甘肃境内

第五天早上，我们搭上了客车顺利出发。按司机的安排我们在茶馆门前上车。车驶出小镇在一个小桥边停下，有两个"黄鱼"上车。我们的确受到了司机的优待，否则我们也要背着行李跑老远的路。车进入甘肃境内，黄土山上草木稀少，景色逐渐荒凉，在两当境内又遇到一座小桥被洪水冲坏，正等待修理。当时已时过中午，这里也是前不着村后不靠店，幸好路边有几个小孩在兜售煮鸡蛋，我买了几个分着吃了。后来才听说这里的人多患麻风病，鸡吃了麻风病人的排泄物也会传染，而且潜伏期很长，因此我忧心忡忡，后悔不该吃那几个鸡蛋。

路过徽县，街道虽然狭窄，但铺面比较整齐，可能此地较为富庶，车到天水前的一个小站，司机下车为我买了

* 1948 年，工作人员在莫高窟前合影，前排左起：段文杰、孙儒僩；后排左起：霍熙亮、范文藻、薛德嘉、黄文馥、欧阳琳 ▶

一张短程车票，我当时不知道是何用意。在快到车站的大街上时，司机叫黄文馥她们三个下车步行到车站门口。我有一张车票，可以随车进站。这又是司机对我们的优待和照顾。

当天我们住进一家旅店，据说是公家办的，比较宽敞干净。经打听这里有到兰州的班车，但一周只有一班，很不凑巧我们没有赶上，下一趟班车得等三四天。没有别的办法，只好等了四天，终于买到了去兰州的车票。

第九天。我们乘车从天水出发，车整天在荒山秃岭之间行进。山谷之间的河流弯弯曲曲的，水流不大但全是红色的泥浆，可能是刚刚发生过山洪。河边的小屋被淤泥埋没了一半，只露出残破的屋顶，山间行人稀少，景色更感荒凉。路况不好，车子行进得非常缓慢。天色不早了，车停在一座土山上，此地叫华家岭。公路两旁各有几间土屋，屋的附近拴着些牛马，牲畜的粪便也堆积起来，空气中弥漫着一股牲畜的粪便味。这里没有旅店，只有大车店，房子都很低，好像只有门没有窗户，可能是为了安全和防寒吧！因为房子里生火，屋顶和墙壁已被烟火熏得漆黑一片，这里的人们穿得都很破旧，小孩有点衣不蔽体，说明此地十分贫困。我们要去的敦煌情况又是如何呢？怎能不令人产生悬念？

我们住的房子里面没有床铺，只有一排土台子，行李打开就铺在土台子上面，后来才知道我称作土台子的东西叫作炕。我和三个女同学就住在一个大炕上，我和她们之间摆上四个箱子以作屏障。夜里我睡在炕上总是能闻着一股炕烟味儿。因为这里地势较高，八月的夜间有点寒气袭人。

1951 年，孙儒僩在清华大学校园里

第十天。汽车整天在黄土丘陵之间盘桓。庄稼已经收割了，田间地头绿色不多，骄阳似火，把土地烤得热气腾腾，田间地头少有人影，在寂静中空气似乎凝固了。车外除了黄土还是黄土，十天前离开成都平原还是满眼绿色，而这里是满目的枯黄，我不得不问自己，我为什么到这里来？敦煌又是什么样子呢？我无法找到答案。

到兰州，我记不起汽车停在哪里了，只记得住在邻近省政府的一条街上的惠东旅社。砖砌的门楼，门楼里有很深的院落，天井也比较窄，院内没有花草树木。四川老家凡是四合院，院内的

* 1959 年天梯山石窟前的合影（前排左起：张学荣、李承仙、孙纪元、何静珍、张鲁章、倪思贤、窦占彪、任步云；后排左起：段文杰、万庚育、翟广炜、常书鸿、丁桂昌、赵之祥、李贞伯、孙儒僩）

地坪上多少都有点花木，可以增加点生活的情趣。我注意这些可能与我的专业有关吧。

还是为了省钱，我们四个人仍住一间大房子。一进门是一个大炕，大概有五米吧，三位女同学住一头，我住另一头，中间还是摆放着四只箱子及一些杂物，作为我和她们之间的隔断。在华家岭我们已经睡过一夜的火炕，因为时间匆忙，很快就过去了。在兰州可能要住好多天，所以如何睡炕引起了我们的讨论：上了炕究竟是头向外脚向里呢，还是相反。如果是头向外，夜里一旦有小偷进来一下就摸着头了，那太吓人了。经过认真的讨论，我们觉得还是脚在炕的外侧来得安全。于是我们一律头朝里脚向外。后来店家看见我们的睡法，就笑话我们："哪有像你们这样的睡法，上了炕还要爬着过去才能睡下，多不方便。"但我们依旧不改，就这样在这个店里住了九天。

我们从成都出来一直到双石铺坐的都是邮政车，比较顺利，从双石铺到兰州坐班车，也还算顺利，从兰州到敦煌按薛德嘉的安排仍然坐邮政车。一切事情都是薛德嘉在联系。为了等这个车，我们在兰州滞留了十天，现在记不起这十天是如何度过的。我们人生地不熟，不知道去什么地方玩玩，只是记得到黄河边上看了铁桥。给我印象比较深的是，街上许多驴子驮着两个木桶，桶里装的是浑浊的黄河水。街道是土路，大热天尘土飞扬，后来有人告诉我说："兰州是无风三尺土，下雨一街泥。"此话对当时的兰州描述得恰如其分。

一路上我对饭食印象不深，我们都对大饼面条兴趣不大，到哪里都是找小馆吃米饭。对兰州的印象是瓜果特别好，而且便宜，好像满街都有卖瓜果的。过去我们从没有吃过甜瓜，只吃过西瓜。兰州的西瓜真甜，比成都的西瓜好吃多了。出门以来我是总管，管钱、管吃、管住。记得有一天欧阳琳对我说："孙儒僩，今天我不吃饭，你把钱给我，我吃瓜嘛。"至今欧阳琳仍然喜吃瓜果。

在兰州住了六七天之后，才有了邮政汽车的消息。在我们继续西行的前一天，为了找到在"一只船"的邮政车站，我们从住地出发，出南关一直向东，边走边打听，按我的想象"一只船"可能在靠河的地方。出了城门，已经到了农村，我们又走了好几公里，好不容易找到了邮政车站。站里有薛德嘉的熟人，买票乘车的问题就顺利解决了。在兰州住了九天之后，终于可以向西出发奔向敦煌了，我和几个女同学高兴得跳起来了。

第二十一天。从兰州出发，车上除我们四个之外，同行的还有三位衣着考究的军官，肩上的牌牌表明他们都是校官，据他们自我介绍是西北军政长官公署的参谋。因为汽车是新的小道奇，车行顺利，但车外景色平淡。车过永登不久就开始爬坡，同车的人相告，这里是乌鞘岭，海拔有三千多米，虽是夏季，还是可以看见远处祁连山的雪峰。车子一个劲爬坡，山顶上凉风习习，山间的民居低矮破旧，山区树木稀少，草也不丰茂，浅浅地贴着地皮长。山民衣着简陋，贫困之状已可见一斑。汽车经过山区，又进入平原，下午到达武威后因为天色尚早，我们到街上溜达，烈日当头，我们所见的城门城墙和街道上的房屋都是土色，更觉得空气干燥，因为找不到适合的旅店就夜宿邮车中。这里白天炎热，夜间却又十分凉爽。晨起空气清新，又要开始新一天的行程。

第二十二天。离开武威，一路还有树木村庄，渐往西行又走上大片的荒原，树木也没有了，草也生长得非常低矮，公路两侧不远处就是山，两山相距只有几十公里，大概这就是河西走廊吧。在满目荒凉中，突然看见一些断断续续的土墙，高 3~4 米，绵延几十公里，有时汽车又穿行在土墙之间。同车的几位衣着考究的军官告诉我们，这些土墙就是长城。我是第一次看见长城，有点半信半疑，这样的土墙，怎么能够抵御敌人呢？（许多年以后我才知道这些长城是明代修建的，有些甚至是汉代的长城）。

中午才到山丹县城，县城很小，找到一个小饭馆吃米饭，一路上我对吃饭印象不深，只要能有米饭吃就行了，菜简单一点没有关系，目的还是为了省钱，因为我们是自筹旅费去敦煌，她们三个是刚毕业的学生，我虽然已经工作，但时间不长，也没有什么积蓄，所以只得如此。山丹距离张掖不远，在走过一段荒漠地带之后，很快又看见了农村，林木也比较丰茂。同行的军官说，这里物产丰富，人称“金张掖”，昨天过去的武威叫“银武威”，都是甘肃的好地方。城内街道比较整齐，街道两旁大树参天，透出一种古老的气息。大概是由于所学专业的关系，我一路都在观察各地的房屋建筑，在街面上我看见一种门楼，下层是砖砌的，正中有

* 在所里的牛车上，
前排右起：段文杰、孙儒僩、黄文馥，
后排薛德佳、霍熙亮、范文藻、欧阳琳
（宋利良摄影）

方形的门道。门的过道较深，过道的两面有很密的排柱，门的顶上也有很密的木枋，与下面的排柱相对应。门道上面有三间小楼，门楼里是巷道，两旁有人家，路过天水时也看见过相似的门楼，但比较大，好像是城门。

这里的屋顶上坡度比较平缓，也不盖瓦，屋顶上堆放着柴火，邻里之间的房顶之间设有木栅栏，不能随便逾越，是一种简单的安全设施。这里小饭馆的饭菜较好，价钱也公道，的确说明这里比较富庶。夜里我们又住在车上，等到感觉有点凉意时天已有了曙色。记得四川乡镇的小旅店门上挂着一个红灯笼，上面写着“未晚先投宿，鸡鸣早看天”，对出门人来说是非常贴切的对联。

第二十三天早晨，我们从张掖出发，路途平坦，车过一个叫临泽的小县，顾名思义这里可能有湖泊，但是公路两侧是连绵不断的沙丘。我是第一次看见沙漠，上面生长着一些零星的小草，有些地方的沙已经覆盖到公路上来了，路的两旁全都是沙子，公路已经没有明显的边沿了。

车正在行进中，突然轮子陷入沙中，并向外倾斜，车只好停下来了。好在我们的车陷得不深，经司机的努力，车很快就出来了。车子所经之处是愈益荒凉的戈壁，敦煌的情况如何我们谁也不知

* 1948 年，常沙娜、欧阳琳、黄文馥在敦煌合影（左起）

道，对前途的渺茫感时时袭上心头。

车到酒泉，我们住进一个小旅店，为了安全和节约，我们四人又住进一间房子，如法炮制把箱子集中堆放在我和她们之间。因为旅途的劳顿我和衣而卧，但是夜半之后我被冻醒了，她们三位睡得正酣。我不敢点灯，摸黑把行李打开，取出被子盖上，才安然入睡。

第二十四天。离开酒泉后，我看到在公路右面的高地上有一座整齐的关城，城上有几座城楼，虽然已经很残破了，但是它依然巍峨壮观。关城的左右不远处都是高山，地势险要，因为要赶路就没有到关城去，只在公路边上远望了一阵。同路的军官说："你们没有到过西北，大概没有听说过：'出了嘉峪关，两眼泪不干。前望戈壁滩，后望鬼门关。'"也许处境还没有到那种程度，我还没有体会到那样的情感。这里的戈壁滩上几乎寸草不生，真是越走越荒凉。中午快到玉门县了，路边出现成行的大柳树，柳枝在微风中摇曳，凉风习习，与戈壁滩上的荒凉景象形成鲜明的对比，同路人告诉我们这就是"左公柳"。记得当学生的时候，曾唱过一首歌，其中有"左公柳拂玉门晓，塞上春光好。天山融雪灌田畴，大漠飞沙旋落照"的词，看来作者是有切身的体会，他没有写玉门的荒凉与贫瘠，而是乐观地赞赏美景。

到玉门县稍作休息之后，汽车沿着成行的左公柳走了一段路程，就到了更加辽阔也更加荒凉的戈壁。路在广阔无垠的戈壁上向前延伸，笔直笔直的，一眼望不到头，天是那么的蓝，又那么的深远，连一丝云彩也没有。我的老家没有这样的天空，四川的天

莫高窟的中寺前院
(敦煌研究院《敦煌旧影》, 上海: 上海古籍出版社, 2011 年, 第 36 页)

总是阴沉沉的、灰灰的，反差太明显了。正在行进之中，我突然看见远远的地方出现一片辽阔的水面，湖的那面还有影影绰绰的树丛和小山，水中还有倒影，我真是惊奇不已，喊起来了："快看哪！那边有湖了！"有位同行的军官说："你别高兴，那不是湖，那是瀚海，是戈壁上出现的幻影，什么道理我也说不清楚，你是永远也走不到那个湖边的。"我有点半信半疑时，那片水面真的消失了。这一路虽然没有青山绿水，但这种浩瀚无垠的大戈壁也是风光无限。

快到安西县（现瓜州）时，路过一座木桥，看见河床蛮宽，但几乎没有水流，只有一点浅浅的水。同行的人告诉我这叫疏勒河，我想这怎么能算是河哩，家乡一条小水沟也比这里的大。对不起，我的心中还充满家乡的一切，事事都要和家乡比一比，我其实还不明白，天地大得很，我见过的实在是太少了。

过了疏勒河很快就到安西县，远处有一片矮矮的土城墙，城外没有街道，也没有树木，车进入城里，我们又要告别邮政车了。它在小邮局卸下邮包之后，明天将继续西去新疆，我们将在这里另外寻找车辆转道敦煌了。

安西很小，似乎只有一条街道。街上行人稀少，房屋低矮破旧。县政府的一侧有一个旅店，里面没有多少房子，已经住了一些客人。第二天去敦煌，我找到一辆去敦煌的汽车，但司机说车上已经满员了。我缺少经验，不知道进一步和司机交涉，听说错过这班车，就得等下一个星期了。正在为难之际，有一个中年人主动说他叫黎雄才，我知道他是有名的国画家，我在成都还看过他的展览哩，所以我也告诉他我们的情况。当知道我们找车去敦煌时，他就主动帮助我们把车联系好了，真是雪中送炭啊！

一想到明天就可以到达目的地了，我们都非常高兴！听说安西是“一年一场风，从春刮到冬”，但愿不要刮风，让我们顺利到达敦煌。

初到敦煌

第二十五天。今天我们特别兴奋，从安西出发要去敦煌了。汽车出了县城，虽然风不是很大，但流沙像水一样贴着地面流动，公路上全是流沙，弯弯曲曲地向前伸展着，汽车在流沙中吃力而缓慢地前进。不知走了多少公里，公路转了一个大弯，风小了一些，车行顺利了一些。快到中午，我们才到一个叫“甜水井”的地方。

汽车停下来休息，路边有一座很破旧的房子，周围堆着牛马粪，路的另一边有一口井，司机用桶从井里提水给汽车的水箱加水，水很清澈，我问司机水是不是甜的，司机说：“你喝一点尝尝。”

我用手捧起一点水，只喝了一口就尝到一股怪味儿，赶快把水吐了。这水又苦又涩，还有一股腥味，我从来没有喝过这样难喝的水。我问司机：“这么难喝的水为什么叫甜水？”司机说：“大概是人们的良好愿望吧。”他说得似乎有道理。

这天是阴天，过了甜水井，天下起了小雨，汽车没有篷布，只好冒雨前进，后来我们的衣服全湿透了。有一段时间车走在草滩上，十分颠簸，有几下颠得很厉害，将行李抛了起来，又掉到了车外，幸好人都安全。

远远地已经看见绿树和村庄了，根据几天来的经验，有了树木、村庄，离城镇就不会太远，敦煌在望了。经过村庄之后，在绿树掩映之间我们看见了一段城墙。车进东门街道，虽不很宽，商铺倒也整齐，我们的联系点是甘肃省银行敦煌分行，在东街找到了银行，经过联系，主人把我们迎进客厅。随后出来一位身材高大、身着灰布长衫的中年人，他是银行行长。他很客气地和我们寒暄一阵，我们一起吃了晚饭。饭间，我问行长什么时候可以去莫高窟，他说莫高窟离县城还有四五十里路，今晚先住下，明天再想法上山。我问上什么山，他说一般去莫高窟就说上山，是这里的习惯。说实在的，从我决定来敦煌，我就开始考虑莫高窟究竟如何？在这里我能做什么？我能做好吗？这些一直是我心中的悬念，现在莫高窟近在咫尺，很快就知道答案了。

这里天气很好，清晨凉爽宜人，就是空气非常干燥，嘴皮都干裂了。我们住在东街，这里可能是敦煌的繁华地段，早晨街上行人不多，商铺向外有很深的廊子，实际就是日常做生意的地方。一早店家的伙计们在给廊子和街道洒水，打扫卫生。

午后，听说有人来接我们了。银行门外有几头驴子。说实在的，在四川西部没有这种牲畜，我只在街上见过一个卖膏药的走方郎中，牵着一头又矮又瘦的驴子，非常可怜。我心中暗想难道我们去莫高窟要骑驴子？后来才知道，驴子是为我们驮行李的。过了没多久，银行门口来了一辆小吉普车。我们向行长告辞之后，吉普车拉着我们四人去莫高窟。

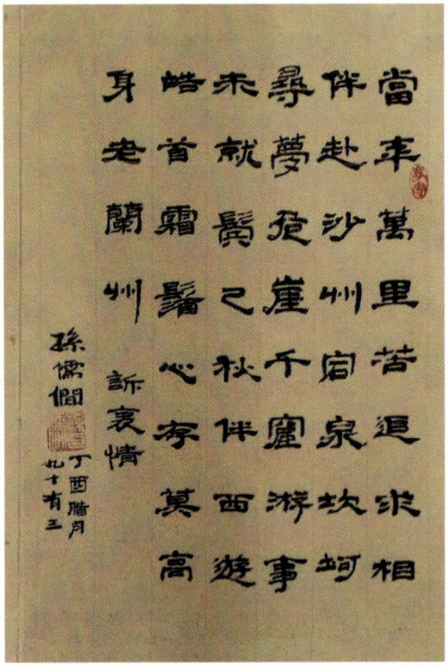

孙儒僩先生书墨《诉衷情》

经过一片农村之后，转向山间前进，路面不好，小车在颠簸中行进，有一段公路地势较高，远远望见一小片绿树林。司机说：“那就是千佛洞。”远远望去，那一片绿色虽然是希望，但是它太小了，虽惊喜又有点失望。司机一路上不断地告诉我们千佛洞的情况，但我顾不上问他。我只顾去看山崖上密密麻麻的小洞，不远的绿树丛中透露出一座红色的高楼，我们几个同学大声喊着："到了！到了！"

车子越过一片河滩，上了一段小坡，转过一片小房，车子停在一个小庙的门口。大门的匾额上有"雷音禅林"四字，旁边还挂着"国立敦煌艺术研究所"的牌子。

车一停下，从院子里陆陆续续出来一些人，其中有我认识的范文藻，他是我们艺专的学长，经他介绍我们认识了段文杰、霍熙亮。他们一行人把我们带到办公室，见了我们久仰的常书鸿先生。常先生红光满面，气宇轩昂，一派学者风度。小小的会议室里，一时热闹非凡。一个多月的旅途，一个多月的辛苦，终于结束了，我们总算到了敦煌——我们的目的地。

晚饭之后，我们的行李由驴子驮回来了。一位青年安排我们的住处，宿舍是一排低矮的房屋，我的宿舍一侧住的是曾在艺专任教的霍熙亮先生，另一侧是刚见面的段文杰先生，三位女同学住在另一头的宿舍。宿舍不大，约有十平方米，门窗比较简陋，不过窗户上是新糊的白纸，窗下有一个桌子，靠后墙的主要位置有一个土炕，后墙的正中开着一个小通风窗，另一侧墙上有一个壁橱，地是土地，屋顶上的檩条和椽子都是新新的，上面铺着席子，虽粗糙却也简洁清爽。炕边有一张小桌，小桌有两个抽屉，这就是我们日常工作的地方。土桌上有一把茶壶、两个小茶杯、一盏有玻璃灯罩的煤油灯。壁橱旁墙角处有一个脸盆架，脸盆是自己带来的。我的行李非常单薄，只有安顿下来再筹办。

当天晚饭后在饭厅闲聊途中见闻，回到宿舍赶快写平安家信。因为长途旅行，到目的地之后，我顿感疲乏，同时心情也放松了，上炕以后坦然入睡，睡梦之中有风铃叮咚之声不绝于耳。

天色未明，鸡鸣四起。从此开始了我的敦煌生涯，走向了未知的未来。

在敦煌的第一个春节

人们常说往事如烟，我觉得人在一定的环境下对遇到有趣的事情记忆比较深刻，即使年深月久也依然历历在目。

1947 年 9 月，我告别了城市生活，从四川成都来到了西北大漠的边陲之地——敦煌，与千年的宝窟为伴。这里的荒凉令人害怕，只见荒山野岭，戈壁黄沙，渺无人烟。最好的食物也只有面条、馒头，生活变得非常冷清，巨大的落差令我一时难以适应。当时年轻，我调整心态，慢慢适应，但寂寞凄冷的环境始终给我造成精神的巨大困扰。我曾经写过几句打油诗：

三危夕照渐入暝，高崖窟下暗幽幽。
庭院空寂闻马嘶，青灯盏盏使人愁。

这是我当时的感受，好在白天进入石窟工作，有千年精美艺术与我为伴，我可以沉浸在工作的情趣之中。

日子一天天地过去了，不知不觉就临近 1948 年的春节了。常书鸿先生给我们说：“春节快到了，大家准备一下进城（敦煌县

2004 年，孙儒僩、李其琼夫妇讨论敦煌艺术

城）过年吧。”我们都很兴奋，匆匆忙忙收拾了一下，在除夕当天进城。当时的研究所有两匹红马和四头毛驴，所有的牲口都用上，走的走，骑的骑，被褥也都得带上，直到过了晌午才算进了城。常所长一家四口和我们七个人，住在一个比较富裕的人家里。我记得有一个大院子，院门口的侧门内另有一院新房，常所长一家及三位女同事就住这里。进了内院，段文杰和我四个男士住在大门旁边的三间旧房里。屋内有一个大炕，还有炉子可以取暖。主人说院内牲口圈旁有柴火，我们赶紧抱了柴把火炉子点燃，房子里一下有了热气。紧接着我们用柴草打好地铺，这在当时就算是最好的条件了，然后就急匆匆去大街上走走看看。

当时敦煌城不大，最繁华的地方要数东关的东西大街了，还有就是秦州户和财神楼街。我们平时很少有进城游玩的机会，听说今天城内很热闹，也就在人多的地方凑热闹。一群人来到了现在的市委门前大街，当时王氏节孝坊（老牌坊）还在，已经有人挂上了大红灯笼，把牌坊装扮得更加古朴庄严。

过了节孝坊，在东西街和南街的节点上，有一座钟楼还是鼓楼，我已经记不清楚了。只记得当时敦煌不如我去过的河西走廊其他县城雄伟壮观。在古代，钟楼代表城市的中心，也是最繁华的地方。我走过王家牌坊（即后来搬到莫高窟的大牌坊），看见钟楼下灯火辉煌，到了跟前才发现原来是一张半透明的佛画。佛画后面有一座灯楼，其结构是两根木柱，木柱间距三米多，两柱之间从上到下有五六排小木杠，每一根木杠上挂着十来盏小油灯，可以清楚地看见佛画的内容和颜色。这就是古人所说的千年鳌灯，用这种方式展示佛画，灯架前佛画也清晰通透，自然引来众多百姓前来观看。可惜大幅绢画过于残破，如果是现在这些绢画肯定是博物馆里的珍藏品了。

这是我第一次见识这样的场面，好奇心促使我挤过人群，一直到佛画下才看清楚，佛画年深日久已破败不堪，只能附着在另一张丝绢之上张挂，张挂时还不时掉下残片，因此次年春节再没有看见，也是一种遗憾。事过之后，我们发现在莫高窟第 220 窟北壁药师变的中部所画灯楼，与敦煌城春节灯楼完全相同，只是画中更夸张。我为敦煌这样的边远小城能保存一千多年的习俗而感到惊奇，文化的传承能绵延千年，真令人叹服！

这样的情景让我回味无穷、终生难忘。因为白天没看够，我晚上又出来转悠。此时已是满天繁星，更显得大西北的夜幕深邃而高远。我一个人慢慢溜达着，想象着汉唐时期的敦煌是什么样的情景。忽然，在秦州户巷（现在的沙州夜市）我看见好多人围着一个头戴斗笠、身穿粗布长衫的人。斗笠一般是夏天用来遮阳的，冬天戴斗笠干什么呢？我走近才看清楚原来是准备打铁花，我来得正是时候，表演者已经准备好一切，只见他用一块板子把用炭火烧得红通通的铁水舀出来挥舞，铁水被抛向天空，满天的铁花儿纷纷坠落，人群中爆发出阵阵呼喊声。打铁花即古人所说的火树银花，也是古老传统节日庆典时的一项重要活动。唐诗《放灯》曰："火树银花不夜天，游人元宵多留连。灯山星桥笙歌满，金吾放禁任狂欢。"这说明早在唐代已有打铁花之俗。

当天，我们还在东关的大街上看见铁芯子，即把四五岁的儿童装扮成各种人物造型，固定在铁芯上，通常一个芯子表现一个剧情或寓意。铁芯子也叫芯子、垛子、平垛。这是我在老家没有见过的，感到十分新奇。后来知道这种静态的、高高的、感觉挺危险的造型艺术，是一种主要流行在西北和华北的古老的民间传统杂耍技艺，据说有 200 多年的历史。这种社火开始多用于迎神、赛会，后成为春节和元宵灯节的游艺节目。

秦州户街道人头攒动，火花冲天。这种欢乐的节日气氛古已有之。铁花放射着高高的火花，象征着光明、力量和希望。人们喊声震天，尽情狂欢，兴奋热烈溢于言表。

第二天快到中午时分，东关锣鼓喧天，社火、秧歌、高跷纷纷亮相。表演社火的人身着长衫、涂脂抹粉，被铁芯子高高举起的儿童天真活泼，甩着水袖宛若仙子。丑婆子扭姿作态，脸上三重脂粉，手持一柄长烟杆和一面蒲扇，一双大脚踩着鼓点，似走似跳，种种丑态引得围观的人们哈哈大笑。街边的商家有的还赏赐红包。这样的欢乐节目要持续好几天。

我来自成都，此刻却身在千里之遥的敦煌，虽远离乡土亲人，但华夏普天同乐，也可以暂时忘却离愁，何乐而不为呢？当时人们并不富裕，但春节期间过几天欢乐的日子，使人们得以重振精神、展望未来，这也是华夏文明的传承。

我们在敦煌城里过了几天有趣而欢乐的日子，大家有点恋恋不舍。但我们必须回到莫高窟继续过寂寞清贫的日子：看三危夕照，听铁马叮咚，要守护石窟，继续执灯面壁、临摹研究，欣赏佛、菩萨的微笑，忘却烦恼，憧憬未来，寄希望于未来新的一年。

如今生活条件好了，年味儿也渐渐淡了。回想起我在敦煌过的第一个春节，终生难以忘怀。

从敦煌艺术研究所到敦煌文物研究所

1949年9月，以常书鸿先生为首的一小群中青年生活非常窘迫。一直到解放军进军河西，和平解放敦煌。解放军亲临莫高窟，我亲眼见解放军纪律严明，生动活泼，由衷地感到欢欣鼓舞。当时我们虽然贫困，但地方党政领导对我们非常关照。我们感到温暖的同时，也很困惑：为什么不接管呢？直到1950年8月，西北军政委员会文化部代表中央文化部到敦煌艺术研究所办理接管，并将敦煌艺术研究所更名为敦煌文物研究所，从此翻开了敦煌事业新的一页。

从1944年敦煌艺术研究所成立到敦煌文物研究所，再到今天的敦煌研究院，算来已经有80个年头了，虽然与莫高窟1600多年的历史相比是短暂的，但对从事敦煌事业的人来说，几代人曾在这里工作生活，有些人可以说终其一生，最后埋骨沙丘。1947年，我来敦煌艺术研究所工作，到1993年退休，实际到2001年才真正放下手头的工作，前后经历55年，为莫高窟做了点力所能及的工作。

回首往事，酸甜苦辣，五味杂陈。现在我已经快100岁了，回首尘封的往事，既感到惆怅也觉得欣慰。在我有生之年，我将翻阅如烟的往事，呈献给关心敦煌的人们。

1949年9月正是秋高气爽的季节，瓜甜梨熟，但是社会上不断传来有关战事的消息。8月26日兰州解放。敦煌由新疆陶峙岳部队的一个警备营驻守，这时候敦煌艺术研究所只剩大约20人，大家困守石窟、艰难度日。刘荣增在私底下说："教育部给常先生（当时我们不称常所长）来了一封密电，要常先生携带所藏敦煌文书去广州。"但我们并没有看出常先生有任何要走的迹象。几个业务人员心绪不宁，无心工作。段文杰临危受命去了一趟张掖、酒泉，取回了全所近半年的经费，折合成12两黄金。除给职工分配了半数之外，常先生决定把剩余的黄金全部买成小麦。段先生事后跟我闲谈时说："我在酒泉取到金条时，唯恐有坏人知晓。兵荒马乱地不知道把这点东西放在哪里好，没有办法只好放在贴身衣服的口袋里。晚上住在大车店，提心吊胆，整夜不敢睡觉，一直处于似睡非睡的状态。回到所里，把这一点点东西交到常先生手中，一颗心才算是放下了。"

当时我们没有任何通信工具，常先生每天派人去敦煌了解情况，还叮咛说不要进城，在城外农民家休息并打听消息就行了。当时驻防敦煌的警备营维持治安，加强了对敦煌的防守，把敦煌东关、南关和西门关闭了好几天。我们孤悬在戈壁大漠之中，如何保证大家的安全呢？实际上除常先生、李承仙夫妇一家之外，其他人都是单身职工，穿的在身上，宿舍里有点被褥和几本书，别无长物，并不怕抢劫。但是为了石窟和大家的人身安全，常先生和我们商量，决定每天派人轮流值班，两人一班。当时所里有两三支中正式步枪和很少的几颗子弹。所谓持枪警戒不过是为壮胆而已。在这里可以远远望见通往莫高窟的公路（那时大泉河的东岸还没有植树），几公里以内可以一览无余，如果真有国民党的散兵游勇，我们规定不得放枪，一人回中寺报信，好让大家进入洞窟躲避，另一人进入洞窟继续监视情况。

1949 年 9 月 27 日晚，工人马科从敦煌骑马回到莫高窟，在中寺的宿舍里跟我们说："可能是解放军进城了。"他显得有点紧张，又说："我回来上了二层台子（莫高窟山顶上的戈壁）看见新店台公路上（目前敦煌火车站往东一带）都是汽车灯光，不知道有多少辆汽车。"当晚大家依然注意警戒，以防不测。28 日上午，听见远处有汽车声音。莫高窟人少，非常安静，周围有点声音，几公里以外就可听见。段先生和我不约而同地往下寺走（当时大泉河上还没有桥，公路的入口在下寺），过了小牌坊看见一大群军人，经我们了解原来是国民党的运输兵，昨天送解放军到敦煌，今天奉命返回酒泉，路过这里想参观一下千佛洞。段先生和我当即陪同这些人看了一些洞窟，他们很快就离开了。

事后我们知道，9 月 28 日解放军已在敦煌召开了群众大会，宣布敦煌和平解放。 29 日上午，段先生和我在陈列馆后面客房暂作的画室里又听见汽车的声音，似乎到了下寺，段先生和我刚走到陈列馆前，就看到一队军人从下寺走来。当我们迎上前去，一位年轻的军人向我们介绍说："这是独立团的祁（承德）政委。"祁政委瘦高个，身穿一件长的黄呢大衣，四十来岁，十分精干。我们那时不了解何为政委，反正人家是第一个介绍给我们的，应该是部队的重要人物吧。随即又向我们介绍另一位身材魁梧、红光满面的中年军人："这是我们的张献魁团长。"段先生和我也客气地跟他们一一握手，互道辛苦。正在相互介绍的时候，看到几个士兵把陈列馆附近的一架木梯架立起来，提着轻机枪快步上了陈列馆房顶开始警戒。段先生和我领着祁、张两位首长向中寺走去，他们一边走一边问我们这里是否安定，有没有散兵游勇等来此骚扰。段先生也一一作答。到了中寺，常先生从办公室走出来迎接，又相互做了介绍，常先生把两位首长及其他几位士兵让进会议室。祁政委说："我们初到敦煌听说这里很有名气，我们来看看。现在全国快解放了，10 月 1 日在北京宣告中华人民共和国成立，我们长期作战行军，要在敦煌休整一段时间。我看你们在这里也很艰苦，希望你们坚守岗位。我们还要开个庆功大会，欢迎你们参加。"我们当然十分兴奋，随后又陪他们参观了洞窟。

当天又来了一支随行的文工队，我们陪他们参观洞窟，他们也给我们演唱了一些新歌，还扭了秧歌。这些文艺节目简短而精彩，文工队的男女青年欢快活泼，所唱的歌、跳的舞都是我们闻所未闻、见所未见的。在困守莫高窟的岁月里，我们忽然感受到一种欣喜和欢乐，受到一种青春气息的感染。他们说："我们马上要开庆功大会，听说你们都是画家，请你们帮我们设计功臣的奖状。"当天段文杰、史苇湘、欧阳琳和我等几个年轻人就随他们到了敦煌县城，并按部队的要求为他们设计战斗英雄的奖状。第一次能为解放军做一点事情，我们都感到非常兴奋。

敦煌是和平解放的，敦煌县城市面安定，没有出现什么骚扰混乱。有时看见一队解放军战士在街头整队行进并高唱《解放区的天》《团结就是力量》等。我们听了感到十分悦耳。

大概是10月5日吧，解放军独立团召开庆功大会，在部队大门前的操场上，常书鸿所长被邀请在主席台上就座。大概还有吕钟，当时是支前委员会的主任。段文杰、史苇湘、欧阳琳、黄文馥和我在主席台下就座。操场上一边坐着独立团的战士，一边是敦煌警备营的士兵。开会之前，解放军战士高唱战斗歌曲，还互相进行拉歌比赛，高喊"某某连来一个"，喜气洋洋，欢声雷动。

会上祁政委、张团长分别讲话并宣布获奖战士的名单。大会之后独立团团部在敦煌一处饭馆会餐，常所长和我等几人也在应邀之列。就在那几天，我们几个年轻人看着解放军英姿勃勃，生龙活虎，当时我和霍熙亮就想参军。实际上只是我们的一时冲动，并没有向解放军部队申请，也没有向研究所提出报告，参军一事并没有付诸行动。

敦煌刚解放不久，酒泉军分区一位姓韩的科长带着一封公函，说是来办理"接管"，要把研究所的物资全部接收，这些物资实际上就只有一些笔、墨、纸张等，9月份发给职工的一点黄金也上交了。常所长和职工们虽不了解事情的缘由，但也没有产生抵触情绪，还帮助韩科长把东西装上汽车。我们只是感到困惑不解，说是接管，为什么接而不管呢？

此事发生后不久，大概是在10月中旬，酒泉专署的专员刘文山又带人将拉去的物资及少量黄金退还给我们，说是一场误会，向我们表示道歉和慰问。同时还给我们送来二三十套棉衣，每人发了一套。后来听说韩科长为此还受到了处分。此后酒泉地区的书记刘长亮和副书记贺建山等陆续来到莫高窟看望、慰问我们，让我们安心工作。

1949年12月，酒泉地委及专署通知段文杰、霍熙亮、史苇湘、欧阳琳、黄文馥和我去酒泉过春节。途中曾出车祸，幸无大碍。在酒泉期间，地委及专署领导相继跟我们谈话，目的是要我们在莫高窟安心工作，告诉我们不要有离开敦煌的打算。地委宣传部部长梅一芹负责安排我们在酒泉的活动，并单独和每个人交谈，了解我们的思想动态。就我来说，我想离开敦煌回家乡，但是对敦煌艺术也心存眷恋，处于犹豫不定的两难之中。

春节过后，我们仍然回到莫高窟，在此期间常先生和李承仙还创作了一些木刻年画，后来社会上对这批年画颇有微词。两位先生当时想以敦煌传统艺术形式表现工农兵的新内容，也是一种尝试，应该受到肯定。

在此期间，单位的归属和经济来源问题没有解决，仍然处

1950年6月14日，莫高窟前的合影。照片中人物左起依次为孙儒僩、段文杰、常书鸿、梅一芹、史苇湘、辛普德、黄文馥、欧阳琳

于等待之中。梅一芹部长改任地委统战部部长，经常往返于青海花海子（阿克塞哈萨克族自治县的牧区）和敦煌之间。他总要来莫高窟住上几天，他和黄文馥的恋爱关系也逐渐明确了。有一次，他来莫高窟，情绪不太好。我们在收拾菜地，他爬到围墙上坐着。后来我们听说他在花海子工作期间，有人暗地通知他，哈萨克族要叛乱。梅一芹带着一个警卫员连夜离开了花海子。那时花海子到敦煌近200公里，没有公路，更没有通信条件，他要把信息带

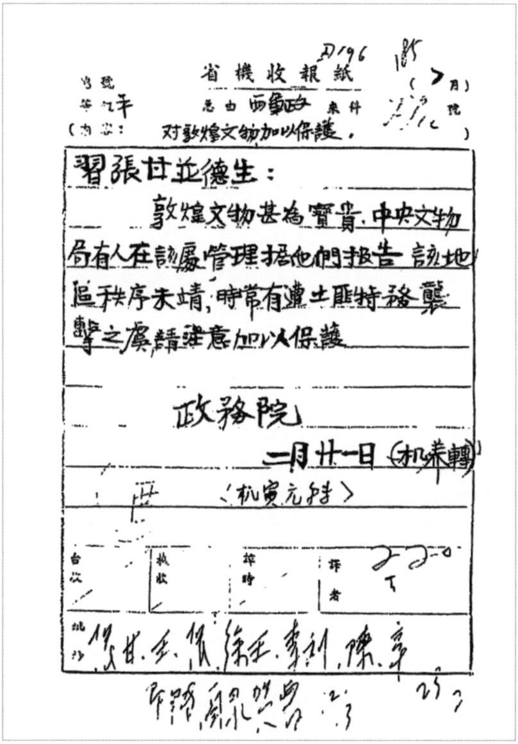
省機收報紙

对敦煌文物加以保護。

習張甘並德生：

敦煌文物甚為寶貴，中央文物局有人在該處管理，据他們報告，該地區秩序未靖，時常有遭土匪特務襲擊之虞，請注意加以保護

政務院

一月廿一日（机未轉）

20 世纪 50 年代初，政务院为莫高窟防土匪批文（敦煌研究院编《走近敦煌·守望敦煌》，北京：中国文联出版社，2010 年，第 43 页）

到敦煌，传递给更高层的领导。但他在莫高窟期间一点都没有向我们透露。

听说这批叛乱分子和国民党军队的残部、反动地主武装相互勾结，在南山一带袭击了蒙古族牧民。我们有点紧张，因为莫高窟是通往党河南山的近路。有一天，一位蒙古族大嫂下午放羊回来，她说在大泉大拉牌看见几个骑马的人，她把羊赶向下游（莫高窟方向），自己躲在红柳丛中，骑马的那些人没有继续向莫高窟前进，而向大泉方向走了，然后她才赶快回到莫高窟。当天常先生召集大家商量，决定让常先生、李承仙一家，以及黄文馥、欧阳琳等人带上被褥、食物等生活用品住到第 158 窟。在通往第 130 窟大佛通道的拐弯处把两个装了沙子的麻袋放在弯道上，史苇湘和我各扛一支步枪，守在这里，步枪正对通道门。工人们也分散进入高层洞窟。段文杰自告奋勇地说："你们上洞窟躲避，我住到大泉边的那个大塔里，我牵一匹马藏到沟里（当时大泉东面尚未种树），只要听到你们这边有动静，确定有不法之徒到了莫高窟进行骚扰，我就骑马从沟那边出山口抄近路到敦煌城报信。"我们觉得老段的主意虽好，但也有被土匪或叛乱分子发现的可能，但只能冒险这么办了。那天晚上，我和史苇湘坐在第 130 窟的通道里，真是月黑风高、万籁俱寂，甚至连自己的心跳都能听见。我俩一直处于紧张状态，那时大多数洞窟没有窟门，第 130 窟大佛头顶有许多鸽子窝，时有鸽子骚动，显得夜更加幽长阴冷。我们不敢睡着，就这样艰难地熬到天明。

第二天上午，县里派人通知我们说南山里的情况不明，可能有残匪作乱，这里不太安全，县里的领导让我们临时撤退到县城，常先生决定让段文杰、黄文馥、史苇湘、欧阳琳及他们一家到敦煌暂避。因为霍熙亮春节一过就请假探

* 1949 年，敦煌文物研究所前的合影，前排左起：欧阳琳、孙儒僩、张明坦、赵望云、常书鸿、范文藻、辛普德（文物数字化研究所制作）

亲去了，所以由我暂时负责总务部门。当时总务处只有辛普德、范华、刘荣增三个职员和周德信、马科等三四个工人，再加上上寺有易昌恕僧人和他的徒弟徐汉卿，还有一个给所里放羊的蒙古族大嫂和她的儿子达娃，一共十多个人留守。

白天我们轮流上九层楼山顶放哨警戒，夜晚就在寺院周围巡查。常先生他们走了的第二天晚上，工人们在中寺大门北侧的倒座房屋里玩牌，突然听到房顶有声音，不知是谁一口气把灯吹灭了。有人在院子里跑。我也被惊醒了，翻身下炕提着枪在门口张望，许久不见有什么动静。第二天我问他们昨晚上出了什么事情，他们笑笑不好意思地说："是两只猫在房顶上打架，我们正在打牌，以为有人在房顶上，让人虚惊一场。"几天过去了，莫高窟很安静，什么事情也没有，于是常先生和去敦煌暂避的同事们都回来了。

地方领导为了莫高窟及人员的安全，从骑兵团调来了一个班的解放军驻防莫高窟，他们被安排在下寺。这段时间土匪、散兵游勇、敦煌的反动势力相互勾结，在敦煌南山（当时还没有成立肃北蒙古族自治县和阿克塞哈萨克族自治县）及南湖一带骚扰。6月，地主恶霸孙耀武勾结土匪在南湖偷袭县保安队，保安队牺牲多人，损失了不少枪支和物资。这一事件顿时震动了全县。过了一段时间，县大队的一部分人员调到莫高窟整训和驻防。他们在九层楼上的戈壁边缘，用土坯修了一座碉堡，可以监控各方面的情况。60多年过去了，现在碉堡还残存在洞窟顶上，向世人述说当年的艰难境况。除了修碉堡之外，还在第428窟一带的上层较大的洞窟储存了粮食，把凡是能装水的用具都装满水分别存放在洞窟中，以备万一。

保安队一个多排的人员分别驻守在上寺和下寺，与我们和睦相处，他们每天除训练之外，下午我们还给他们上文化课、教他们唱歌。就在这段时间里，史苇湘和欧阳琳结婚了，晚上战士来闹洞房，欢声笑语，气氛热烈。这是自南湖出事以后，几十个战士进驻莫高窟以来最热闹的一天。虽然这里不那么冷清了，但我们依然没有经济来源，还是向地方上的粮食部门借粮吃。这年的8月初，才知道中央文化部要接管敦煌艺术研究所，大家的心才有了着落。

我们就像盼星星盼月亮一样等待接管，8月22日，西北军政委员会文化部文物处赵望云、张明坦两位处长代表中央文化部来敦煌接管敦煌艺术研究所，省上有文教厅文管会主任何洛夫教授、酒泉专员公署三科王鸿鼎科长及文物处干部范文藻陪同。当日下午赵望云一行到达的时候，留守所中不多的人敲锣打鼓热烈欢迎接管工作组。他们刚一下车，不顾长途行车疲劳的张明坦副处长、何洛夫教授等人带头踏着鼓点扭起了秧歌，人虽不多，但气氛非常热烈。何教授虽然年事已高，但是扭起秧歌来步伐轻快灵活。

8月23日下午正式召开全体工作人员大会，赵望云、张明坦首先宣布他们代表中央文化部正式来这里办理接管敦煌艺术研究所的工作，并对全体人员表示慰问，宣布从1950年8月1日起“国立敦煌艺术研究所”更名为“敦煌文物研究所”，为文化部文物事业管理局的直属单位，常书鸿继任所长；此外还要清理研究所财产，制订当年年底之前的工作及学习计划，建立研究所新的组织机构，评定当时现有人员的工资。两位分别谈了这次到敦煌的任务之后，大家异常兴奋，单位不但不会解散，而且还直属于文化部文物事业管理局。当时文化部的部长是著名文学家沈雁冰，文物事业管理局局长是郑振铎。负责接管的赵望云是画家，对张明坦我们虽不了解，但赵望云介绍他是鲁艺的学生。他们都非常亲切随和。赵望云讲话不多，主要谈具体问题。张明坦说：“这次到敦煌主要目的是看望和慰问大家，接管不过是补办一个手续，实际上从敦煌解放那天起地方党政领导就一直在领导你们、关心你们，这一年来你们也坚守岗位。”张明坦讲话条理清晰，内容充实，我们听了也很兴奋。

会上，常书鸿先生报告了从1943年筹建敦煌艺术研究所到中华人民共和国成立一年以来研究所的概况，但没有谈及他为了在敦煌坚持工作，使得家人离散。在谈及研究所被撤销又经呼吁奔波得以保全的情况及近几年生活的艰辛时，他的情绪很激动。当天直到深夜才散会。

8月24日上午，他们参观游览莫高窟。下午赵望云、张明坦两位分别与所有工作人员单独谈话。张明坦和我一起蹲在宿舍门边上，他问了我的家庭、学历、专业、年龄和爱好、有没有女朋友等各方面的情况，谈话很亲切、很随意。他说："你已经25岁了，入共青团不行了，以后争取入党吧！"最后我向张明坦说："我想回四川，我母亲岁数也大了，我还有一个女朋友是学音乐的，现在四川遂宁教书，我如果不回去，这个关系可能就断了。"张明坦说："你们这个单位人已经不多了，事情可能还不少，谁都不能走，其他的事情等一等，慢慢设法解决吧。"他说得很委婉，又很明确，使得我无法直接拒绝他，但我并没有放弃回四川的打算。后来由于一些说不清的原因终究一直留在了敦煌。

接管的这几天，任务安排得很紧凑，晚饭后继续开会，常所长报告了研究所以前的工作情况；询问当年8月份以前由上面所拨的维持经费（包括文化部及地、县两级的借款和借调粮食草料该如何处理）；宣布研究所人员实行工薪制（当时地方上许多随军来的工作人员都还实行供给制）。这一晚上张明坦问大家对常先生的报告有什么意见，希望开展批评与自我批评，并且对"批评"与"自我批评"作了解释。对我来说，"批评"与"自我批评"是一个新的名词。关于工薪的发放，因为敦煌解放的时间不长，货币不稳定，我们叫米代金，即用当月小米的平均价格折合成货币。政府对我们的待遇是比较丰厚的。在对比之下，大家的不满情绪，一股脑儿地倾吐出来，情绪十分激动。赵望云、张明坦也不劝阻，等我们慢慢冷静下来之后，张明坦劝我们说："过去的事情就让它过去吧，有些事情应由当时的政府负责，今后大家在常所长的领导下团结起来把莫高窟的事业搞好，文化部对你们抱着很大的希望啊！"当晚的会一直开到半夜。8月24—25日，每天下午都在讨论工薪问题，根据每个职工的情况所定的标准不同。我只记得我的工薪标准暂定为每月1100斤小米。我们多少了解一点农民的情况，敦煌的土地肥沃，又是水浇地，每亩地一季才收二三百斤小麦，我们每月1000来斤小米，是农民三四亩地一年的收成。不是说我们有多高的觉悟，而是通过对实际情况的了解和从对比中得到的感受。张明坦多次与我们谈话说："国家干部要为人民服务。你们目前在莫高窟的工作就是革命工作。"

我当时离开学校不久就来到了莫高窟，没有社会经历，经过几天的会议和学习，的确受到一些启发。

8月25日，接管的主要程序基本完成了，下午开了庆祝大会。从西安、兰州来的领导和战士们一起在院子里扭起了秧歌。张明坦唱了一首陕北民歌，生动活泼。我们大家也唱了各自喜欢的歌曲。这是我来莫高窟从来没有感受过的兴奋和欢乐。

8月26日是给我们发工薪的日子。近一年来全体人员是靠举债度日的。5月，文化部通过地方给我们寄过维持费，专署和县上为我们借粮食和草料（牲口吃的食物，牲口是我们重要的交通工具）。从此我们可以按月收到文物局拨来的经费，一两年来生活的拮据问题得以解决。

接管工作到 8 月底就算结束了，常所长随接管组去西安参加西北第一次文代会，接管组的意见是研究所今后暂设美术组、石窟保管组、总务组，还安排了政治学习、生产劳动。

大约 9 月初，接管组的赵望云、张明坦、常先生及何洛夫教授等离开敦煌，到了西安、兰州。范文藻（1949 年前在研究所工作，1949 年春回四川完婚，1950 年春到西北文化部文物处工作）暂时留在敦煌协同我们完成各项工作，并随时与赵望云、张明坦取得联系。他们临走之前安排我们抓紧进行财产清理，对八年来壁画临本及绘画作品进行清理登记。这些工作结束后，我们立即到西安参加其他工作。

我和段文杰、史苇湘三人随车到敦煌送行。第二天临行前，我们看见常先生带着一大卷画。段文杰说：“常先生，接管时安排清点壁画临本，你现在把东西带走了，这项工作就不能进行了。”常先生说：“昨晚接到郑局长急电，要在北京举办一个大规模的展览。”段先生说：“你现在带的是近年的临本，大部分临本在 1948 年留在了南京，上海展览时就没有带回来，你现在带去的是小部分，请你先不要带走，等我们按计划登记清理之后再送过去，不会影响北京的展出。”常先生起初不同意。后来张明坦说：“常先生，文代会开完后你回来带上画，你和李承仙去北京，年轻人去西安。”于是常先生只随身携带少量临本去西安了。

接管工作结束了，范文藻留下协同我们进行总结。敦煌艺术研究所的更名，翻开了敦煌文物研究所的新篇章。

这篇文稿是我的女儿孙晓华帮助整理和打字完成的，特此说明

古韵新篇

莫高窟的新生之路

莫高窟古树虫害防治纪事

在莫高窟生活工作了几十年，现在老了，前面的路不多了，因此老是向后看，回忆逝去的岁月。明天是惊蛰，“震蛰虫蛇出，惊枯草木开。”惊蛰是开春时期的一个节气，冬眠和蛰伏的动物苏醒啦。这不由得想起六七十年前在莫高窟的防虫灭虫往事。

1948 年清明节过后，莫高窟下寺的杏花、梨花盛开，春色满园，这是我来敦煌的第一个春天。我感到万分欣喜，陶醉在迷人的花的世界里。可过了一段时间，嫩嫩的树叶上爬满了一种毛毛虫，几天之内把树叶吃得精光，果树的枝干又变成光秃秃的了，成了寒冬的景象，这些虫子把果树叶子吃光了，又转战到杨树、榆树上继续啃吃树叶，把窟前的林木糟蹋得不成样子！那时候，在地上、房檐上到处是虫子，我们用足踩、用树枝打，但实在是太多了！连续几年后，有些果树、杨树日渐枯萎，甚至死掉，到了秋天，果树上稀稀拉拉地，只有不多的水果，让人十分惋惜！

2013 年 4 月，榆钱花开，孙儒僩先生在九层楼前

连续几年的虫害，果树、小叶杨和钻天杨都受害严重。虽然每年春天树叶被吃光之后，在春末会第二次发芽长叶，但树叶稀稀拉拉得不茂盛，有的小枝甚至枯萎了。只有下寺外一片毛白杨害虫不吃，依然郁郁葱葱。

后来，我们观察了解害虫的生活规律，也摸索出来一个防治的法子。1953 年惊蛰前后，在常书鸿所长的带领下，我们开展了一次害虫消灭战。所里男女老少及家属全体动员，白天拿着脸盆或其他工具在洞窟前装满沙子，给每棵树下都堆上干沙。大家应该很疑惑，这是做什么呢？

1949—1951 年，因生活困难，莫高窟工作人员

* 1956 年，莫高窟上寺南面外景（李贞伯摄影）

少，面对肆虐的树木虫害，在没有药物和器械的情况下，只有任其为害。直到 1953 年，外出的人员回来了，同时也增加了一些新人员，还有保卫班，队伍相对壮大了些。经过几年的观察，我们逐渐摸清了害虫的生活规律：发现这种虫子在惊蛰前后从土里钻出来，是一种浅灰色的蛾子。雄蛾有翅可以飞动，雌蛾的翅膀发育得不好，飞不动，满地乱爬，遇到树干就慢慢向上爬。雌蛾遇上雄蛾交配之后，爬到适当的地方产卵，孵化出来是非常小的黑色小虫，过上几天就爬到嫩枝上吃嫩叶，吃完一片又一片，果树的树叶很快就被它们吃完了。因为雌蛾飞不动，只能爬行，我们就在树根下堆上干沙。这样雌蛾一爬就

* 1908 年 3 月，伯希和西域探险团中的摄影师努瓦特拍摄的莫高窟窟前景象

* 1956 年 4 月 9 日，敦煌文物研究所职工在莫高窟消灭果树害虫（李贞伯摄影）

往下溜，它上不了树。这样，就能有效防治害虫的繁殖。

另外，每年惊蛰以后，莫高窟全体工作人员开展捉虫运动。每天晚上一人一盏油灯，先到下寺果树及杨树下捉虫，再到其他地方去捉。还别说，真是捉了不少害虫呢，战果可观！

后来，出差的工作人员买到了农药六六粉及喷雾机，这加快了莫高窟防治虫害工作的进度。虽然当时的喷雾机功率太小，只能喷洒果树的中下部分，但当年已经见到了效果。1954 年继续防治，当年水果丰收，皆大欢喜，采摘的水果除莫高窟工作人员及家属分食之外，还装了几箱冬果梨，打算托运到北京国家文物局去，向总局领导也汇报一下莫高窟防治虫害的喜讯。

此后由于喷雾机具和药剂功效的改善，20 世纪 50 年代，职工们每到防虫季节都要参与防虫工作，并广泛植树。因为防治害虫的措施年年见效，莫高窟的树木也日益茂盛了起来。这些树木不但阻挡了影响莫高窟文物安全的风沙，也为莫高人及广大参观者们撑起了一片绿荫。

2019 年 3 月 5 日写于兰州

莫高窟园林绿化往事

莫高窟在敦煌城东南戈壁尽头的一个小山沟外沿，从敦煌市到莫高窟，要经过开阔而荒凉的戈壁，当远远地看见一片不大的绿洲时，多少会让人有点惊异，同时也告诉人们，莫高窟将要到了。

进入窟区，一片参天杨树和有着几百年树龄的大榆树与石窟相伴，令人陶醉在生机勃勃和古老的文明气息之中。在绿树浓荫环绕之间，石窟对面的远山显得峥嵘险峻、荒凉危耸。在莫高窟南区，窟前榆杨树混交，浓荫蔽日，为戈壁深处的山沟平添了一处难得的绿洲，成为人们休闲旅游的好去处。

70 多年前的莫高窟可不是这样的景象，我是 20 世纪 40 年代到莫高窟的，在这里生活和工作了四五十年，我曾参与经营这片绿洲，现在回忆一下这段经历：如果你曾翻阅过斯坦因、伯希和或俄国人奥登堡等在一百多年前拍摄的莫高窟照片，那时的窟区前树木稀疏、一片荒芜，我记不清是谁在小牌坊拍的集体照中，小牌坊两侧是一些刚刚

* 敦煌文物研究所大门前的树林（孙儒僩摄影）

栽种的树苗，还没有长出枝叶，当时窟前才刚开始种树，多年以前，我听职工吴兴善说，下寺外的毛白杨树（当地人称作“鬼拍手”，意为每当风吹树叶发出哗哗的响声，好似拍手的声音），是王圆箓从新疆哈密引进的树种（我有点怀疑，当时还没有汽车如何从哈密运来树苗）。下寺前东南角的一片果树也是王圆箓种植的。吴兴善曾是道士，他所说的可能是事实。王圆箓是湖北麻城人，南方山清水秀，他在莫高窟定居之后，大概看不惯莫高窟的荒芜景象，才动了在莫高窟广种树木的念头。

此外，在上寺之后和现在大牌坊的西南方有一片榆树林，几株榆树已十分粗壮，树冠如伞，估计与中寺的僧人们有关，中寺建于清乾隆三十七年（1772 年），这片榆树林可能是中寺僧人们的墓园，从 1914 年俄国人奥登堡拍的照片中还可以看到几座大小不同的舍利塔，形制与莫高窟大泉河东岸的宣统塔及民国的王道士（王圆箓）塔相似。这些榆树的树龄也有两百多年了。除此之外，莫高窟上寺之南，中、下寺之间是农田，一直到河沿没有植树，完全是空旷的，只在沟渠沿边有零星的小叶杨树，上、中、下寺所属的果园周围有白杨防风林，如果没有 1943 年常书鸿所长修建的围墙，莫高窟更显荒凉。大泉河东岸的戈壁上没有树木，寸草不生，这是我到莫高窟时的景象。

1944 年，敦煌国立艺术研究所成立，常书鸿先生特别珍爱莫高窟的林木，重视莫高窟的绿化。1947 年，石窟前有一条葱茏茂密、浓荫蔽日的大道，虽然石窟寺崖壁呈现的是残垣断壁、流沙成丘的荒芜景象，但我们仍然有一片绿地可以徜徉其中，暂时忘却三危之险、戈壁黄沙的荒凉景象。从中寺出来，在北大像之前，直到下寺的一片林木，我们称之为林荫道。夏秋之际，我们漫步其中，还可以在林间草丛中找到口味极佳的蘑菇。那时，大泉河东岸实在太荒凉，莫高窟又人烟稀少，我们从不过河散步，窟前有林木花草的一片地方是我们生活的场地，更是我们精神的家园。这就是常书鸿所长和我们珍爱莫高窟林木的原因所在。

* 莫高窟前的舍利塔

大概是1954年吧，研究所行政组（主管所里财务、文秘、总务、采购、基建等业务的部门）组长高瑞生和会计辛普德商量，把下寺果园周围的几十棵白杨全部砍了（因为连年受虫害而逐渐枯萎，理由是白杨树被砍之后当年就有嫩枝发芽），但没有请示常所长，常所长为此很生气，高瑞生因此受到批评处分。1949年前后的一段时间，研究所里各种房屋的修建所需木材，都是从敦煌农村购买的，虽然当时经费困难，却从未砍伐莫高窟的树木做建筑材料。

窟区植树

从中寺后到大牌坊一带的河沿，除在1943年修建的围墙之外，原来都是农田，但土质不好，种植粮食、蔬菜的收成都不甚理想，1953—1954年的春天，研究所的职工全部都去栽树，当时我们对树种没有认识，只要容易成活，快速成林就好，因此就地取材，用小叶杨嫩枝扦插，却不知插枝虽然易于成活，可树龄

* 20世纪50年代，莫高窟职工在洞窟前植树 ▼

不长，这片树林经过了60年，早已衰败，现在更换了新的树种，呈现出一片生机勃勃的绿色。

北区东岸植树

据吴兴善说，王圆箓生前在下寺大泉河的东岸边修渠，把大泉河的水引向现在研究院西面的公路两侧种植过树木，而且已经成活，可惜他的力量有限，后期维护不力，树木又都枯死了。1954—1955年，常所长又带领全所员工在大泉河东岸的公路两侧植树，先修了引水渠道，把沙荒地分作若干块，公路东侧靠近小山丘附近，表土很浅，铁锨插下去十几、

* 1957年4月5日，敦煌文物研究所职工在莫高窟植树

二十厘米就是砾石层，只能勉强挖个二十厘米的浅坑，把树苗扦插下去，再在树苗根部堆些沙土，让树苗不倒就行了。我们问吴兴善：“这样树苗能成活吗？”他说：“只要浇水时不倒就能成活。”果然，经过 1954 年和 1955 年两年连续植树，大泉河东岸就形成一片绿荫林地，扩大了莫高窟的绿化范围，我们称之为“新树林”。后来 20 世纪 70 年代后期又在新树林中间种植了一些果树、柏树，看来有点杂乱，不过在戈壁尽头出现一片绿荫，总会让人感到些欣喜。六七十年代，每当坐卡车或是马车经过荒凉的戈壁，突然进入新树林，我们顿感凉风习习、神清气爽，精神为之一振，这是植树绿化带来的。

20 世纪 50 年代，我们曾讨论过莫高窟窟区绿化设想，曾提出保留窟前的林带及毛白杨、榆树林，去除老化的小叶白杨，这点似乎实现了，河沿一带种植林木，上寺以南的农田及中下寺之间的土地，不种植高大乔木以保持空旷的空间。下寺外的毛白杨应保持发展，可以防止石窟东面来的风沙，大牌坊南侧大榆树很珍贵，要多加保护，这些都做到了。可惜上述设想在后来的实践中有点零乱，大、小牌坊之间道路两侧的空隙土地上有两片苹果园，使窟前空间壅塞，40 年前引种的柏树，种植过密，导致窟前密不透风。现在，研究院正在逐步改善窟前景观，种植了一些花卉和草坪，使石窟前的空间开阔。

敦煌研究院已经历了 80 个年头，经过多年苦心经营，当年荒芜的莫高窟变成了今天的绿树成荫，被成百万的游客赞许，作为莫高窟人我深感欣慰。

从书信到数字互联

现在看到这篇短文的人们，想必身上都带着一部功能多样、形式美观的手机，手指轻轻一点，瞬间就能与远在千万里的亲朋好友进行通话交流、视频，何其方便啊！这是现代科技和经济发展的成果。

作为一个20世纪40年代就生活和工作在莫高窟的人，除了生活上的清贫，那时我想与亲朋好友进行通信联系和情感交流是何其难啊！

往事如烟，有些事情是永难忘却的。从20世纪40年代末到50年代，当时的敦煌艺术研究所或是敦煌文物研究所，仅有二三十人，且大部分来自几千里之外的其他省份。20世纪40年代，敦煌县与莫高窟之间没有邮路，与远在外地亲朋好友的通信就是靠研究所每星期一两次派工人骑马或骑驴到敦煌县邮局去取邮件，其中包括所里订的两份报纸。我们当时都是毛头小伙子，每每都是盼星星盼月亮般地盼着与家人、恋人的感情纽带——家书。当时交通不便，信件的往返要三四十天，邮件一到，我们十几个青年便急切地在饭厅或范文藻的宿舍里开始分发邮件，十几个人就那么你挤我、我挤你，都想早点拿到自己的邮件，拿到邮件的人，欣喜之情溢于言表，没有收到邮件的人则倍感失落沮丧。那时的敦煌是边远小城，物资匮乏，我们外地年轻人的生活用品、鞋袜衣物都要依靠家里邮寄。

1949 年，上述情况还没有得到彻底改善，直到 1953、1954 年以后，敦煌县邮局开通了从敦煌到肃北蒙古族自治县的邮路，而敦煌到肃北蒙古族自治县还没有公路，从敦煌到肃北蒙古族自治县要途经莫高窟，敦煌县邮局就把莫高窟安排成一个投递点，虽然是顺便，但也算是一个星期有一班了。当时县邮局派了一个邮递员，他第一天骑骡子将邮件从敦煌送到莫高窟后，继续赶路，晚上就住在大泉（邮局在大泉修了两间房子）。第二天要穿越一百四十里戈壁到党城湾，在党城湾休息一天，第四天才原路返回，路过莫高窟时再把我们交寄的邮件带到敦煌县。这个邮递员姓马，身强力壮，但是他常年在戈壁上往来，在夏日骄阳、冬日风雪的摧残下，年轻的马师傅皮肤黝黑，显出与实际年龄不符的苍老。我们都尊敬马师傅，趁着他在莫高窟短暂休息的时候和他闲谈，问他戈壁上行走时孤单不、害怕不。他告诉我们长时间一个人一匹骡子在荒无人烟的戈壁上行进，天上没有飞鸟，地上连蚂蚁都没有，特别是一早一晚，天不见亮的时候就觉得害怕。不过时间一长路也就熟了，也就无所谓了。我们问："如果遇到狼怎么办?"他说："戈壁上没有吃的就不会有狼。临近党城湾有了水和草地才有黄羊、野兔等动物，而有了这些生灵活物，狼也就来了。”他还说：“单独一两只狼是不敢轻易攻击人的，我也随身带了一把刀子和一根木棍。要知道狼是铜头铁背麻秆腿，真要是遇到狼，你打它的头和身子它不怕，只有拿棍子用力横扫它的前腿，如果把它的前腿打伤了，它就没有力量攻击你了。这也是听人说的，我还真没有遇到过狼。”马师傅在这条邮路上跑了一两年之后，敦煌到阿克塞、肃北的公路就修通了，这条一人一骡的邮路就停了。

为照顾我们，邮局又安排一位董师傅骑自行车给我们送邮件。那时候的公路哪像现在这样平坦顺畅。那条公路只不过是在戈壁滩上铲出边沟，把路面修得平顺一点，让人看起来就是一条顺直的大道了。但经汽车一跑就成了搓板路，这十几公里又是上坡路。董师傅说：“说是骑车，倒不如说是车骑我，有时候骑不动。只好推着走。夏天骄阳似火，冬天风雪交加，这条邮路实在是太难跑了。”路虽然不好，但在邮局的关照和邮递员的艰辛投递之下，我们可以按时收到邮件了。同时所里买了辆胶轮马车。1954 年文化部又给了一辆小吉普。这样我们的通信和交通问题就得到了初步改善。比起现今发达的通信和交通真是天壤之别，但好在我们也告别了骑马、步行的时代。

随着事业的发展，1955 年前后，敦煌到莫高窟又架设了电话线路，在办公室安装了电话。那时的电话上要连着一对特大号的电池，还要用手柄摇，信号非常弱，通话时得大声喊叫对方才可能听到。一直到 20 世纪 80 年代，敦煌研究院才得以升级换代安装了程控总机，各所的办公室及各所的负责人家里安上了电话，进入了现代化的通信时代。而现在，无线网络又进入人们的生活，真是今非昔比了！

敦煌水电站的60秒光明

2014年9月，在敦煌研究院召开建院七十周年庆祝会期间，我重游莫高窟上、中两寺的院史陈列馆。在上、中寺的一处廊子里，放置着一个下没有底、上没有盖的大木桶式的物件，高约3米，这件东西把我的思绪引向五十五年前的往事：1959年敦煌文物研究所工作人员全体出动，在大泉河上修建莫高窟水电站！在大泉河上修建供研究所人员工作和生活的水电站，对我们当时的人来说，特别是对长期在昏暗石窟中工作的人来说，心情是多么迫切啊！

工程启动

领导希望利用大泉河的小小水流发电，当时估算大泉河平均流量约为0.08立方/秒。据敦煌文献记载，莫高窟是“前流长河，波映重阁”，说明过去大泉河的流量可能要大一些。但当时的大泉河只有涓涓细流，要建成能供工作和生活用电的小型水电站，必须筑坝蓄水，形成一定的落差，因而首先要选择合适的地点。工程启动之后，常所长从敦煌水电局请来了一位青年技术员，并安排我跟着他学习。我根本不懂水电，但只能接受任务，不敢有疏忽。技术员在现场勘查之后选择了修坝蓄水的地点，水坝的水通过原来的引水渠道，在莫高窟第131窟南头河岸上选定了一个地方建水电站。他给我提供了一份简单的水电站图纸。水电站有进水管、蜗壳、尾水管、水轮机、传动轴等。我是学建筑的，虽然属于工程技术，但水电则是另一行当。幸好技术员介绍了敦煌县木器社的木工刘师傅，听说刘师傅学习过水力发电设备的制作技术，但他看不懂图纸。我是学建筑的可以看图，就利用现学现卖的一点知识，与木工师傅一起努力。水电站的动力部分除传动轴、轴承是金属制造之外，其他的部件由木料制作。

小电站是筑坝引水，坝址在石窟以南三四百米处河床较窄的地方，修筑了约4米高的水坝，蓄水高度约3.5米，坝的西侧修引水口、闸门，上面安装一个小启闭器，通过闸门把水引到电站的进水口，水流经蜗壳的旋转，使进水的宽度收缩进入水轮机，流水在下落过程中产生冲力，带动传动轴下的叶轮，形成高速旋转的动能，即可经皮带传动带动电机旋转产生电力。这就是我那时现学现卖得到的一点粗浅常识。好在家兄是学电的，给我寄来一些水电方面的书籍，我匆匆拿来赶紧学习，以便能够承担这一当时的重大使命。

拦水筑坝

在石窟南端三四百米处，河面较窄，也是平常引水灌溉莫高窟土地、林木及生活用水渠道的起点。筑坝的工程量虽不大，但靠当时研究所里二三十人是难以解决的。适逢当时敦煌县在办一个水利培训班，大概是所里领导和县里取得联系，把全体培训班的学员借调到莫高窟，无偿参加修筑水坝的劳动。坝址的前后不能取土，只能用所里的一辆马车从上游的一些草滩边沿取土，运土距离一百米左右。当时河床两岸都是岩石，河床上全是沙砾石，沙砾石是松散体，也不能夯筑，只是简单地堆积成梯形的坝体。坝的下面还打了若干木桩，为了蓄水之后坝体的迎水面不至坍塌。

在修筑坝体的同时，坝的西端用片石砌成进水口，并沿着大泉西侧原来的引水渠把水渠的外侧加高。加大引水渠的断面，使其能容纳较大的水流量。

* 修建莫高窟水电站的人们

修建机房

水电站的重点工程是发电机房，工程量不大但有一定的技术含量，发电机房下层是浆砌片的机坑，呈U形，敞开的一面是发电时尾水的出口。机房是安置水轮机的地方，木制的水轮机由若干导水的叶片组成，水轮的中心即传动轴，其下即木制的四片螺旋叶片，是在水流冲击时产生动能的器件，传动轴的上部安装一木制皮带轮，即带动发电的部件。围绕水轮机的是导水的木制蜗壳，水流经蜗壳呈旋转状把水流的空间越变越窄。经蜗壳的压缩，水流速度会越来越快，并经水轮机导入尾水管。尾水管上端是中心即传动轴，下面的叶轮在高速下落并旋转的水流下飞速地旋转。这里要提到两件事：木制的所有部件是刘师傅制作。唯有蜗壳的制作是刘师傅在地板上反复比画都没有解决。蜗壳在平面是非同心圆的圆弧线，我们按图纸所示，定下若干点，分段求圆，把这个问题解决了。发电站关键部件是一根金属传动轴，在敦煌县无法解决，常书鸿所长带我去七里镇石油部石油运输公司找到领导，安排他们的机械厂为我们设计制作这一部件。我向工程师说明我们的要求，他们说没有问题，可以解决。后来我跑了两趟七里镇，机械厂圆满地完成了传动轴的加工，实际上他们是利用报废汽车的传动轴，安装了两副伞形轴承，我把加工好的传动轴拿回莫高窟并安装到水轮机上完全合适。发电站可以

* 修建莫高窟水电站

说是万事俱备了。这时，水坝也完成了，又加高了引水渠的渠岸，水渠容积加大，最后把发电机安装到位，输电线路也完成敷设了。我当时既紧张又兴奋，全所人员加上水利培训班的学员，一个多月的辛勤劳动最后就看试运行这一刻了。

结局

试运行这天，水坝上、引水渠上都安排了看守人员，常所长下令开闸放水，我在电站观看运行情况：我看到引水渠中高涨的水奔腾而下，到了电站进水口直冲向水轮机，传动轴由缓慢转动到高速旋转就在几秒钟内发生了，发电机在皮带的带动下也转动起来，我们还没来得及欢呼，水流很快就消退了，水量减小，传动轴也缓慢停止下来，这时引水渠上传出喊声：“水渠垮了！”这以后又经过多次修复都无法达到输水的要求，后来因为其他紧急任务，发电站的事情就停下来了。那天在洞窟中临摹的美

旧水电站上拆除下来的机械设备

术工作人员也在等待输入电流，等待电灯大放光明的时刻。传动轴由缓慢转动到高速旋转之时，发电机转动起来的瞬间，电灯确实亮了，但仅仅不到一分钟就熄灭了，长久的期望就这样破灭了。

为水电站修建的蓄水坝被洪水冲击为平地，但是莫高窟的林木、农地需要灌溉，人们需要日常用水，所以旧的引水渠仍然在使用，电站成了不用水时的排水口，小小的水流冲击着水轮机不停地转动，但是水量太小无法带动发电机。就这样，水轮机无力地转动了几年，似乎在向世人述说它的经历。

事后再回顾建发电站的事情，人们只争朝夕在一个多月就建成了水电站的干劲令人敬佩，虽然最后失败了，但如果把这种干劲加以科学的指导，是可以较快办成一些好事的。

生活用水攻坚记

莫高窟一直使用的是大泉河里的泉水，莫高窟开凿石窟的山崖就得益于这股泉水千百年的冲刷，造就了举世闻名的佛教艺术石窟，可是这股山泉水因为流经的地表属于盐碱地，从而使泉水中富含了过多的盐碱（硫酸盐类），让清甜的泉水变得苦涩难喝。

20 世纪 70 年代以前，凡是在莫高窟生活过的人，首先觉得这里的水特别难喝，既有咸味又有苦涩味，用它沏茶，茶就变味了，没有茶香只有咸味。这样的水喝了之后会产生肠鸣甚至腹泻。如果你在莫高窟短期参观、访问，离开几天之后这种现象就消失了。假如你长期在莫高窟生活，每天饮用这种水，那就要一两个月甚至更长时间才能适应。由于水质不佳，沏茶，茶味也不好，慢慢地我就养成了不爱喝水的习惯。在那个还不能完全满足吃饭问题的年代，水味不佳更是一个解决不了的生活难题。

当时生活在莫高窟的人，平常就在上、中寺后面的一条水渠中用勺舀肩挑的方式取水。春天大泉河融冰季节水质稍微好一点，但每年的夏秋季节渠水多是浑浊的，特别是在夏秋时大雨过后山洪暴涨，从水渠里打到的就是泥浆水，只有提回家里让泥浆慢慢沉淀后再用，或者加点白矾让泥浆水快速沉淀。在冬季我们就只能在河滩的冰层上打个冰洞，从冰洞下舀水，而且每天的冰洞不在同一地点，有时会离河岸很远，在光滑的冰面上挑水或提水虽不说战战兢兢但也得小心翼翼。即便这样，李承仙的表姐在冰上提水时不慎摔倒，造成了手臂骨折而长期不能痊愈。到了三九寒天，大泉河的流水在上游就全部冻结，莫高窟河床冰层下

* 1955 年，敦煌文物研究所职工在大泉河凿冰取水

面也没有了流水，人们就只好用斧头、钢钎敲打冰块，把敲打下来的冰块背回家中在火炉边上让其慢慢融化。如果着急用水，就得把冰放入锅里架在炉子上融化。那个时候，家里用火炉取暖，烧的是用煤渣和澄板土混合后托制的煤砖，燃烧的热能不高，只是为了节省燃料（因为这些都是计划供应的）。就这样在室温原本不高的家里，再存放一堆冰块让其自然消融，则进一步降低了室温，真有雪上加霜之感啊！这种艰难的用水状况，每年要持续近四个月，直到20世纪70年代后期才开始有所改变。

莫高窟的水源，现在叫大泉，在古代称为宕泉，它发源于莫高窟南约15公里的大泉。

大泉流经二三里后又潜入地下，在大拉牌上游的峡谷中又有泉水露出，经过大拉牌一直流淌到莫高窟，在小拉牌对面又有一股泉水渗流汇入大泉，人们称之为苦口泉。泉水长约一公里，峡谷中芦苇丛生，所谓苦泉大概是芦苇根系腐烂后混入水中，进一步恶化了泉水的水质。但在20世纪六七十年代峡谷中的芦苇是研究所牛马驴的好饲料，每年秋天，所里的男人们带上镰刀、干粮步行去苦口泉峡谷收割芦苇。再说个题外话，苦口泉峡谷全是优质花岗岩，从20世纪50年代到60年代莫高窟加固工程所用的石料，全是开采于苦口泉峡谷的花岗岩片石。水虽不好，但石质颇佳，是莫高窟加固工程的好材料。

说来也怪，大泉这一涓涓细流，水质虽不好，但它长期灌溉滋润这片土地，使其树木葱茏、浓荫蔽日，成为沙漠中的一小片绿洲。大泉在莫高窟浸润了这片土地之后就没有多余的水继续前流。如果有多余的水也会渗入地下，消失得无影无踪，似乎大泉就是为莫高窟这片净土而生，真是上善若水！虽然有些年夏天会因山里下大雨而引发山洪，使得大泉河波涛汹涌，毁桥破路，但仔细分析，是人们对它的性格不十分了解造成的。所以说大泉是莫高窟的生命之源，没有大泉可能就没有莫高窟。

20世纪70年代以前，受条件限制，用水问题无法得到改善，只能无奈地承受着。20世纪60年代在进行石窟工程前期勘探工作时，为了探查石窟前的地质情况，除了浅层的挖探，还钻了二十几个探井，这些探井一般都打到二十多米以下。有一次钻探队队长告诉我：在一个钻孔（大概在莫高窟第350窟前）里打出了水。这一消息很快就传遍了所里，钻探队取出水样，许多人品尝后都感到失望，水味与地面水的味道并无多大差别，而且探井中的水量很小，没有什么利用价值，不过这总算是一条信息。

1963—1966年，莫高窟进行大面积的石窟加固，我请工程队为我们修了蓄水池，地点就在中寺北侧厨房东侧的水渠边上。水池蓄水五六立方米，建有进水口和出水口，水池上加了木板盖子，流入水池的水经过储存沉淀后可以清亮一些。但是到了冬天，蓄水池结冰了，食堂的师傅仍然要到大泉河的冰面上打洞取水或敲冰化水。

20世纪70年代初，为改造摄影工作室就修了两个蓄水池，一个水池在外面，是沉淀池；另一个在暗室内，是清水池，两池相连，入冬前多储存一些水，清水池在室内不至于冻结，倒是方便了一点。

1974年，研究所的钟圣祖问我："这里能不能打井？"我把20世纪60年代进行加固工程时打探井的情况告诉了他。他说我们再试试看，青海石油管理局的地质队可以帮我们打井。钟主任随即安排我办理此事，我坐所里的车到敦煌城，因当时从敦煌到七里镇没有通公交车，我只得步行往返七里镇与地质队联系，向他们介绍有关情况。几天之后，地质队派来了一支小钻井队。至于选在哪里打井，由于我不懂水文地质，就只好在60年代加固工程前打地质探井的井位附近，在当时资料室（现在仍然保存下来的红房子）背后的路边试打一口探井。在把打井事宜和打井队工人们的住宿生活安排妥当后，钟主任却通知我说："打井的事你就不要管了，让李某某管吧。"几天之后，探井打到二十几米时有了水层，最后把探井打到约三十米，经过测试，水质清澈，水味略好于地表水，终于算是有个好结果了。但是井位在下寺附近，离当时的研究所生活区有三百余米的距离，如何能用上这口井还有不少事情要做。主任又把这事交给了我，我知道麻雀虽小，但五脏俱全，要买潜水泵、水管，修水塔，还要解决许多技术问题。我打听到敦煌县的省防疫站（当时罗布泊是核试验基地，离敦煌比较近，省防疫站在敦煌县驻扎）在本单位打井并安装了自来水，于是我去那里请教了许多问题。关于水塔的修建，虽然它的技术含量不高，但我手中没有参考资料，敦煌县也没有可以参照的水塔，我只好跑到酒泉地区建筑设计院求援。我想他们那里这种小吨位的普通水塔一定有定型的标准图纸。设计院的院长是我的同学，他免费给我提供了水塔设计图纸。当时准备输水用的钢管是计划物资，我记不清楚从哪里搞到几百米长的钢管，只够从井位处安装到中寺后院东北角上的厨房、饭厅处。从水井处到水塔二百多米埋设水管的管沟全是当时研究所工作人员义务劳动挖成的。据了解，敦煌的冻土深度约 140 厘米，为了安全，管沟挖到 160 厘米深。管沟挖好后，我又从省防疫站请来安装管道的师傅，几天之后就把管道安装完成了。水塔水量的计量设施是我和侯兴利用废旧材料制作完成的。买来的潜水泵记不清是请谁安装的。总之经过几个月的忙碌总算是完成了打井、修水塔和管道的安装，一直到顺利完成试水。后来又把水引向厨房和宿舍区，初步解决了莫高窟吃水难的问题，也是莫高窟从20世纪40年代到70年代渴望解决的大难题。

在解决用水问题上，我应该检讨的是：水塔的位置大致在九层楼的轴线上，给莫高窟的景观造成难以克服的大弊病。实际上这座水塔修在莫高窟窟区任何地点都会妨碍石窟的景观效果（水塔已经在 20 世纪 90 年代被拆除了）。

1978 年 11 月 21 日，国家文物局在函复甘肃省文化局的文件中除了要求继续进行莫高窟第四期加固工程的收尾及其他项目外，还特别指示在莫高窟再打一口深井，并安排做好地质勘探工作，且先拨付了 15 万元进行准备工作，这些充分说明国家文物局对我们的关心。

1979 年，按照国家文物局的指示，我们又在莫高窟南头（第 131 窟以南）打了深约百米的水井，但效果并不理想。20 世纪 80 年代，我们又请兰州市政设计院供水工程师帮我们安装一台反渗透净水设备进一步改善水质，但使用起来不胜其烦。

总之，当时为了解决莫高窟的生活用水问题，真是煞费苦心！直到 20 世纪 90 年代才在莫高窟下游公路一侧打了两口深井，比较好地解决了用水问题，一直使用到现在。

光影里的岁月留痕

1947年我到敦煌艺术研究所工作，当时所里有十位业务人员，但没有专职摄影人员。画家范文藻兼职摄影，只做一些生活和工作照的拍摄及冲洗印相。那时暗房的设施十分简陋，照片曝光只能借助日光，即在暗房墙上开一个比A4纸稍大的窗口，然后镶两块玻璃，一片是红玻璃，使暗房的光线达到能够工作的标准；另一片是普通玻璃，玻璃上有一木板可以开启、闭合，一开一合，如同开灯曝光。窗下摆一个带抽屉的桌子，桌上有三个白搪瓷盘用于冲洗照片，一个温度计用于量水温，另有一个天平用于称量定影和显影药剂，抽屉是用来盛放药剂的，这就是敦煌艺术研究所最初的摄影暗室和全部设备。

当时研究所只有一台照相机，不知是常书鸿先生在重庆还是兰州买的旧货，相机的镜头还是德国造蔡司镜头，机身是什么品牌已经忘记了，但记得它最大的特点是镜头有B门还有T门，都可以用于长时间手动曝光，主要区别是：B门，按下快门按钮，打开快门，相机开始曝光，手松开快门按钮，曝光结束；T门，按下快门按钮，可持续打开快门，相机开始曝光，再次按下快门按钮时，快门关闭，曝光结束。现在已经很少见这种可以无限长时间打开镜头的T门结构的相机了，它在昏暗的洞窟中长时间曝光很好用。那时用的胶片是柯达的，但敦煌当地买不到，只能从其他地方邮寄。

我到敦煌不久，范文藻就叫我跟他一起在暗房工作，我才知道什么是显影、定影，虽然初学，但很有兴趣，边学边干，反复摸

* 1956 年 5 月 14 日，史苇湘在莫高窟广播室向群众介绍莫高窟

* 1956 年，敦煌文物研究所美术工作者在榆林窟第 25 窟进行临摹研究

索，倒也很快掌握了方法，能够独立操作。由于没有设备经费，那时还没有开展石窟文物的摄影记录工作，只作为日常生活和工作记录。现在网上流传的敦煌艺术研究所工作人员早期的合影和工作照，就是那时拍摄的，也是在那种“土法曝光”的暗室条件下冲洗的。1949 年春，范文藻离开敦煌返回成都，临走时把相机和暗房一摊子工作交给了我。我对摄影虽有浓厚的兴趣，但有些方面一知半解，加之当时又买不来胶卷，研究所的摄影工作基本处于停滞状态。1949 年夏，一位名叫艾琳·文森特的美国妇女来莫高窟住了十来天，那时因为没有限制外来人拍摄洞窟的规定，所以她在莫高窟攀崖钻窟，一共拍摄了 168 幅照片。这些照片除了对莫高窟壁画和

彩塑进行记录外，还对石窟的环境和敦煌当地的风物民俗进行了拍摄。这些照片非常珍贵。

1956 年，段文杰先生带领研究所大批人员，第一次系统地考察榆林窟，我除了负责石窟测绘还兼任摄影师，当时使用的设备还是那部旧相机。榆林窟洞窟幽深，窟内光照很暗，幸好相机有T门，可以长时间曝光。那时我白天拍摄，晚上冲印，很有工作激情。其他同事每天晚上也加班临摹。当时所里有一个镁粉闪光器，可以在晚间用来拍摄，现在可见的一张段文杰和李其琼等几人围坐一圈作画的照片，就是用镁粉闪光灯拍摄的。

那时候研究工作缺乏人才。1954 年秋，常书鸿所长到北京找文化部要人，而且特别说明要一个搞美术摄影的。文化部给常书鸿推荐了好几个人，但那些人一听要去大西北的敦煌，都不愿意来。常书鸿认识李贞伯，知道他业余喜欢摄影，就请他来敦煌工作，李贞伯爽快地答应了。为此，李贞伯丢掉了他的绘画本行，用他并不精通的摄影技术开启了他在莫高窟的摄影生涯。李贞伯本是学国画的，搞摄影是半路出家，他刚开始只会摆弄相机，而对摄影的后期工作，也就是暗房冲洗印晒一套技术并不了解。那时候研究所没有独立的摄影部门，常书鸿先生就把李贞伯安排在了我负责的保护组，因此我俩常在一起共事，一有空就钻研摄影技术。摄影工作不只是拿着相机按一下快门那么简单，一张照片的成败，后期暗房工作非常重要。胶片的显影、定影，药粉剂量的准确性

* 20 世纪 50 年代的段文杰

和显影时间，药水的温度和定影的效果等都得仔细准确才能出来一张好照片。这期间我把自己从范文藻那里学会的暗房技术全部传授给了李贞伯。

自从李贞伯全面接手莫高窟的摄影工作后，我就再也没有参与具体的摄影工作了，但我多次帮他改造摄影工作室和暗房，并尽量改善摄影条件。此时所里新买了一部德国产的禄来福来双镜相机，李贞伯爱不释手。与此同时，所里还给李贞伯安排了一个助手叫祁铎，专门从事摄影工作。祁铎是敦煌当地人，很年轻，1952 年就到研究所工作了，他除了上洞窟协助李贞伯拍摄外，还学习了暗房的冲洗工作。从此以后，他与李贞伯配合，扛起设备走窟串洞，承担起了莫高窟的摄影工作。

石窟拍摄难度很大，不仅光线昏暗，而且很多地方距离有限，李贞伯先生带领祁铎边琢磨边干，在实践中反复研究摸索，自己动手设计制作木制轨道和反光板，用等距离拍摄接稿、反光板多处布点采光等方法，解决了洞窟光线昏暗、巨幅壁画拍摄出现透

* 研究所工作人员在研究临摹工作

视偏差及洞窟有中心柱导致塑像难以拍摄等问题，成功拍摄了莫高窟第 61 窟窟顶（面积为 194.66 平方米）。莫高窟的拍摄工作，除了要记录洞窟壁画和彩塑资料，还要为美术组的壁画临摹制作幻灯片，为敦煌艺术的研究临摹提供了方便。

当时，美术组的临摹是研究所的工作重点，壁画临本是对不断被自然毁坏文物的一种备份存传的最好手段。起先的临摹是直接将透明纸蒙在壁画上用铅笔描摹，后来为了保护壁画改成了写生起稿，但写生起稿不准确，后来常书鸿先生搞来一台德国造的

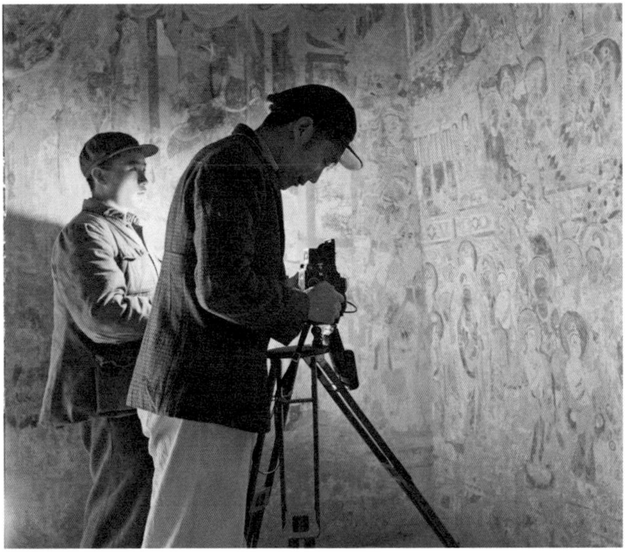

* 20 世纪 50 年代，李贞伯、祁铎在洞窟中工作

幻灯机，从此开始了幻灯放稿。李贞伯便承担起了幻灯片的拍摄制作。画稿幻灯片的拍摄很容易变形，而洞窟中因拍摄距离的限制，很难拍全拍准确，为此李贞伯绞尽脑汁发明了很多土办法。

1955 年，文物出版社高级摄影师彭华士先生在莫高窟试拍并冲洗一些彩色照片，因这里水质不好，彩色底片缺少黄色，于是他尝试用水彩颜料的黄色加入显影液，但黄色效果仍然不佳。这是莫高窟摄影方法的一个新尝试。

1956 年春，文物研究所美术组全员去榆林窟进行大规模壁画临摹，这次带了一部发电机，有了一定的照明条件，李贞伯、祁铎也跟着去对榆林窟进行了系统拍摄，这次把榆林窟的大部分壁画

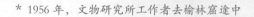

* 1956 年，文物研究所工作者去榆林窟途中

* 1956 年，文物研究所美术工作者在榆林窟第 25 窟进行临摹研究

都拍照保存了下来。同年冬季，李贞伯和我同去北京，我去文物保护研究所学古建维修，李贞伯去人民画报社学彩色摄影及后期技术。

也是在这一年，一位美国女士来莫高窟考察，文物研究所从她手中买了一部带后背的专业相机——林哈夫 69（Linhof Super Rollex 6×9），这部相机能拍摄 6×9 的大片子，是当时比较高级的专业相机，为研究所的临摹和研究工作发挥了很大的作用。李贞伯先生用这部相机一直拍到 20 世纪 80 年代，现在还保存在敦煌研究院。

* 李贞伯在洞窟拍照

敦煌研究院摄影工作者于洞窟中数字化工作现场

1966年开始，李贞伯被迫放下了相机，停止了摄影工作。研究所的摄影事业也陷入停顿状态，从当时遗留下来的很少的底片可以看出，这是摄影的一个空白期。1972年冬天，所里在玉门一带招了一批年轻人，其中刘永增被所里安排跟着祁铎从事摄影，没几年刘永增被派去长春学日语。所里的摄影工作基本上没有发展。后来，李贞伯回到他的摄影工作岗位，重新拿起了相机，迸发出更大的工作热情，但此时他已经六十多岁了，而祁铎也已年届五十。研究所的摄影工作和其他专业一样都面临青黄不接的问题。

* 现在敦煌研究院摄影工作者在洞窟中数字化工作现场

1978 年，文物出版社出版的《敦煌彩塑》一书，署名为“敦煌文物研究所编”，没有著作人及摄影师的署名，这本书是李贞伯和祁铎拍摄的，早已编好，但十几年后才得以出版。

1979 年，文物出版社与日本的平凡社合作，出版了《中国石窟·敦煌莫高窟》五卷本，由文物出版社彭华士等人及李贞伯、祁铎合作摄影。该书全面系统地反映了莫高窟大部分洞窟的彩塑和壁画的面貌等。该五卷摄影画册于 1991 年获首届全国美术图书奖特别金奖，1994 年获首届国家图书奖。1981 年，研究所在酒泉招收了一批青年，分配到了各个岗位，其中吴健、宋利良、郑世贤三位被分配到资料中心摄影室，跟随李贞伯和祁铎学习摄影。此时从事摄影工作的虽有五人，但当时的工作条件不好，因为时常停电，洗照片的暗房依然要利用东墙的小红纸窗户。到了冬天，洗照片的水依然是从河里取来的冰，在炉子上融化后才可使用。

1983 年，又从敦煌当地招来盛岩海跟随祁铎从事摄影。1984 年敦煌研究院成立，院里又从玉门招来孙志军从事拍摄。此时洞窟摄影工作基本由年轻人承担。1985 年冬，敦煌研究院大部分办公场所搬迁到了新区，用了几十年的摄影室，也搬进了宽敞的新场所，摄影器材及暗室条件也大大改善，摄影室也改称为摄录部。1986 年春，李贞伯退休，专业从事石窟艺术摄影工作 32 年。1992 年祁铎去世。之后，为了使莫高窟的摄影工作尽快发展，摄录部陆续调来李成、孙洪才、张伟文、余生吉、李大丁、赵良等人员充实摄影录像力量。莫高窟从摄影到录像，一直发展到今天的数字成像，2006 年成立了数字中心，开始大规模数字化拍摄。至 2014 年成立数字展示中心，后数字中心又改名为文物数字化研究所。摄影技术的发展为莫高窟的文物保护作出了应有的贡献。

从 20 世纪 40 年代开始，常书鸿先生就一直重视石窟的摄影工作，并重视对石窟摄影人才的培养及对摄影设备的改善。经过段文杰等人的经营、建设，莫高窟的摄影工作走上了现代化道路，从最初的零起步，发展到今天的数字化高科技摄影技术，都对石窟艺术的保护、研究和弘扬起着不可磨灭的作用。

莫高窟的朗朗书声

孙儒僩、李其琼结婚照（1952 年 4 月 20 日）

说起几十年前职工子弟受教育问题，我心里会感到难堪与内疚。20 世纪 40 年代，常书鸿先生携带两个子女来到莫高窟，女儿初到莫高窟有十三四岁，儿子四五岁。身居莫高窟没有办法上学，后来女儿就寄居在敦煌县城的一户人家里，在县城上小学，后来又到酒泉住校上初中。小儿子太小没有办法上学。

到 1949 年以后，莫高窟职工人数逐渐增加，有的结婚成家后有了孩子，有的职工从北京等地调来莫高窟，同时也把他们未成年的孩子一起带来。

我回忆当时的史苇湘、欧阳琳是 1950 年在莫高窟成婚，同年结婚的还有窦占彪。1951 年，国家文物局办公室干部高瑞生夫妇调来莫高窟，带来了他们的两个孩子，大的只有两三岁。1951

* 1956 年 6 月 1 日，敦煌文物研究所托儿所六一儿童节聚餐

年，霍熙亮的夫人来到莫高窟团聚。我和李其琼 1952 年在莫高窟成家。1954 年李贞伯、万庚育从北京调来莫高窟，他们有三个小孩，最小的一个才二三岁。1955 年前后，孙纪元、冯仲年的家属也相继来了。在莫高窟成家的职工也相继有了子女，一时间莫高窟人丁兴旺。本来比较孤寂荒凉的环境，有了娃娃的哭闹和嬉笑声，给人们带来了希望和欢乐。但是随着岁月的推移，孩子们逐渐长大，家长们又在上班，所里组织一些家属办起了幼儿园，一间房子几个小凳子。

到20世纪60年代初，这些小孩大的有十来岁，小的也有六七岁，摆在职工们面前的是孩子们受教育的难题，孩子是家长的希望，大家虽然焦急，但是莫高窟远离城镇、交通困难、没有教师，孩子们的受教育问题一直难以解决。

到1958、1959年，有的孩子到了上学的年龄，所里请了段文杰的夫人龙时英老师在莫高窟办起了小学班。因为孩子们的年龄参差不齐，刚开始办的是一二年级的复式班，在同一间教室里，她一会儿给一年级的孩子上课、布置作业，一会儿又给二年级的孩子上课。开始只有五六个孩子，后面逐渐增加到了十多个，也有了应该上三四年级的学生。龙老师一个人也没有那么多精力教四个年级的课，有几个孩子就到敦煌县城去住校，读五六年级或上中学了。

1962年，为了从根本上解决孩子们的读书问题，所里在敦煌县城的东街租了一个院子，有三间平房、三间厢房。孩子们住在这个院子里，到就近的学校去上学。院子里还开了个学生灶，请了一位妇女给孩子们做饭，由龙老师负责照管孩子们的日常生活和学习。后来又换了林桂心老师来管理。

1964年以后，所里有了一部改装的轿车，一般在星期六下午放学后，所里的汽车把孩子们接回来。一回到家，家长们就忙着为孩子们做点吃的，然后洗澡、换衣服。星期日中午吃过饭又送他们回到敦煌城。要是遇到所里的汽车出了故障，孩子们往往半个月都回不了家。那时，孩子们集体住在两个大炕上，互相会传染上一身的虱子，特别在冬天，毛衣和棉衣上有了这种寄生虫非常麻烦，虱子和虫卵是捉不干净的，最好的办法是用开水烫，但第二天衣服干不了，又没有多余的衣服可以替换。我们只得用点药粉涂抹在毛衣、棉衣上，再放在室外冻一晚，第二天早上怕孩子穿了抹有药物的衣服会中毒，就用力拍打衣服后再让他们穿上，但下一个星期回来，身上依然有很多虱子。

后来，家里孩子多的职工家属，就干脆到敦煌城租房子住下，这样既可以照顾孩子的生活，也方便孩子上学。我也曾把一个女儿寄宿在霍大嫂家上学，后来上高小就住在学校里了。因为敦煌城当时人口不多，住校学生很少，我女儿就在学校老师的食堂搭

* 1959 年 6 月 1 日，敦煌文物研究所六一儿童节演出

伙。在学校上完课，有时要参加劳动或打扫卫生，再去食堂吃饭时饭菜都凉了，特别是冬天吃有羊肉的汤菜，凉了后吃下去胃里很难受，从此就再不吃羊肉了。我的小儿子也要住校，那时他才六岁。有一次是冬天的星期六，小儿子没有回家，晚上娃娃自己一个人在宿舍生火，柴火爆出的火星飞溅到被褥上，娃娃没有发现，慢慢地被褥燃烧起来了，好在他及时拿脸盆打水把火浇灭了，才避免了一场火灾。

20 世纪 60 年代，我在管理洞窟的加固工程，我的爱人李其琼为了做纪念莫高窟建窟 1600 年的临摹工作而十分繁忙，经常加班加点，真有顾此失彼之感，对子女的学习没有时间也没有精力去关心，虽然感到内疚，但是也无计可施。

后来，我们的大女儿初中毕业，就要下乡。其间，各级学校都在停课，二女儿小学毕业后也无法继续升入初中上学，小儿子还在上小学。因为我们受到影响，被开除公职、遣返原籍农村，三个子女也随我们一起下到了农村。实际上，20 世纪四五十年代研究所职工的子女都没有受到较好的学校教育。我们下到农村以后，老大和老二成了家里的主要劳动力，承担了挣工分养活一家人的任务。那时小儿子不到劳动的年龄，就要继续去上学，可是他死活不去，我们夫妇反复劝说甚至打骂，他就是不去。后来经过多次劝说，他终于还是去了学校。但在那时，当地农村小学只上半天课，下午就得在家帮大人做家务，或是为生产队放牛、拾粪换点工分，所以学到的知识少得可怜。

1972年，我们携带三个子女回到莫高窟，当时所里正在招工，但招工是根据有关部门安排的，自己单位的子女也不让招。于是老大、老二又去上学，之前老二连初中都没有上过，为了让她有点基础，我就现炒现卖，在家里教她英语的读写、初中数学有理数等简单的知识。那时候，学生在学校取暖的煤砖是学生拓的，学校农场的房子是学生参与修建的，秋天学生们要去农村帮农民平田整地、拾棉花等。1975年，老大、老二没有学到什么文化知识就高中毕业了。虽然她们已经在农村待过近四年，但根据当时的政策，还得再次下乡，否则以后就不能招工，只能第二次下乡了。

我不是为我的子女诉苦，因为20世纪四五十年代或是后来从别的地方调到研究所职工的子女情况大体相似。有几家职工夫妇都是本科出身，可是孩子甚至连小学都没有毕业，就下乡了，后来也没有再进学校学习的机会。与此相似的职工子女还有不少，我就不一一细说了，在改革开放前后的一段时间，研究所职工的子女没有一个能考上大学本科的，能上中专、大专的就算是幸运了。

到了20世纪70年代，从外地调来的职工子女因各种原因滞留在莫高窟而不能到敦煌县城上学。于是，一位职工家属开办了一个小学班，没有老师就让所里的职工担任。万庚育有时调去教语文课，我也给他们上过数学课。到了20世纪80年代，在中央领导的关怀下，拨了一笔基建经费，才在敦煌县城东门外要了一块地皮，连续修了两栋宿舍楼，把有子女的年轻职工迁居到县城，他们的子女可以就近上学。职工每天有通勤车往返莫高窟，改善了职工生活，也解决了子女上学的难题。老职工的子女虽然在上学问题上遇到困难，但后来通过自我努力，也能勉强自谋生路。

上述子女的受教育问题，我只能简单做些回忆，这一篇短文还是我二女儿孙晓华补充整理的。最后我和孩子们深切怀念龙老师，是她辛勤耐心的付出，使我们的一群孩子受到初步教育，为他们后来的学习奠定了基础。

抚今追昔，社会的发展，敦煌研究院的巨大变化，职工们生活的改善，子女受教育已经不是问题了。我为现在的职工和他们的子女感到庆幸和欣慰。

2016 年 2 月于兰州

守护记忆

石窟保护的峥嵘岁月

千相塔残塑整理手记

在莫高窟小牌坊南侧不远的高层洞窟中，莫高窟第450窟是一座较大型的三佛龛窟，原是唐窟，后经宋或西夏重绘壁画，西龛仅存塑像一身，其余塑像均已不存。现在三龛下，简单地修了三面土台，土台上竖立了十几身唐代残塑（大多是残肢断臂，但有一身唐代木雕的六臂观音比较珍贵）。在三佛龛上，许多塑像的头部也制作了小台座，让它们竖立起来，以便观赏研究。上述残塑的集中保存和整理也有一点来历，我下面简单做个交代。

上述的多数残塑是千相塔出土的遗物，千相塔为道士王圆箓所修，时间大概是民国初年。王道士在莫高窟站住脚之后，特别是他发现藏经洞后并私自盗卖文物给西方人士，这是众所周知的可悲事件，我就不赘述了。

据了解，上、中、下三寺分别对洞窟有一定的管理范围，小牌坊以北的区域大致归王圆箓管。我推想他可能把一些将坏未坏的塑像集中起来造了一座千相塔，把这些千年珍贵的艺术品埋在了塔中。

1947年，我初到莫高窟看见的千相塔只有两层，八方形，体积不算小。王道士似乎没有把塔修建完成，顶上是残破的，可能有雨水渗透。据说，1943 年向达、夏鼐在敦煌佛爷庙考古发掘时，曾到莫高窟考察，打算拆除千相塔。估计他们是怀疑王圆箓把手中的藏经一起埋进了塔中。向达先生他们最终还是没有发掘千相塔。

1951 年，常书鸿夫妇在北京举办敦煌壁画艺术展览。当时段文杰、史苇湘、欧阳琳、黄文馥和我在陕西关中，工作结束之后，我们集中在西北文化部休整，准备去北京。恰逢文物局派往莫高窟考察的宿白、赵正之、莫宗江、余明谦四位专家组学者来西安（我们曾在西北文化部相遇），随即他们奔赴莫高窟，而我们几天之后去了北京。因此，专家们在莫高窟是如何进行考察的，我们不太清楚。我们 7 月到北京，9 月赶回西安，同道返回西安的有文物局派往研究所担负行政工作的高瑞生一家，还有刚从北大考古专修班毕业的王去非，在段文杰的率领下很快返回莫高窟，我则暂留西安开会并因其他事情滞留西安，直到 1952 年 4 月返回敦煌。

回到敦煌后我才了解了考察组的工作，我翻阅了考察组留下的资料，唯独对千相塔的拆除没有留下任何文字资料，我深感遗憾。后来我发现在莫高窟南端尽头第 138 窟的窟檐内，堆积了许多残塑，一片狼藉。千年古物残肢断臂，残头、断手、断脚的塑像肢体七横八竖地堆积满地，我无法理解考察组当时为何如此处理。

* 1951 年 7 月，拆除中的千相塔

* 1951 年 7 月，千相塔出土文物

1952 年，敦煌文物研究所正式成立保护组，成立初期虽有霍熙亮、王去非、窦占彪和我四人，常书鸿兼任组长，但在第二年，霍熙亮又调回美术组，王去非回了北京。实际上，保护组就只有我和窦占彪两个人承担保护工作的事务。就在那几年，我和窦占彪把千相塔的残塑稍加整理，继续存放在第 138 窟，但塑像东倒西歪，没有更好地进行保护。我想找一处洞窟把这些残像重新立起来，既可以观赏研究也便于继续保存。当时上下洞窟不像现在这么方便，爬上爬下地找了一段时间之后，经过反复比较，最终选择了第 450 窟。原因是第 450 窟相当大，窟内三个佛龛基本是空的，经过和窦师傅商量，

* 莫高窟第 450 窟北壁佛龛摆放的千相塔出土残像

我们用廉价的土坯砌了三面台座，把一些残像立起来安放在固定台座上。我现在已经记不清有多少残像了，一些残存的塑像头部也制作了大小不同的泥座，分别把它们安放在泥座上，再放置在空的佛龛里。

值得注意的是，有一件残塑的面部模塑是值得研究的宝贵资料。另一件木雕六臂观音（也许是八臂，记不清楚了）可能是唐代的。我和窦师傅在清理这些残塑时，观音身手分离，手臂分离。经过窦

* 千相塔出土之头像

师傅仔细拼装，终于成为一件可观的珍贵木雕六臂观音残像，在石窟艺术中这是独一无二的珍品。观音没有上彩，有些地方雕刻并未完成，似乎是一件即将完成的作品。

在佛龛里放置残像头部，有几件是第46窟涅槃龛中的举哀弟子，有的是发掘第474窟时倾倒在地上摔坏的。可惜当时我们人少事繁，没有留下文字记录，也没有相机拍照存档，回忆起来，深感遗憾，但总算保存了这些残存的艺术品，也算是幸事吧。

千相塔残像的整理是不值一提的小事，但对我来说，从中得到一些珍贵的感性知识。古代的艺术工匠们选择适合塑像身体姿态的木料，如S形的菩萨会选用双向弯曲的木料，两腿分开的力士则将开杈的树枝倒过来，成为分开的双腿等，塑像骨架上再用芦苇或是芨芨草捆扎，再用麻刀粗泥塑造成粗坯，待稍干后，用掺和大量棉花的细泥精心塑造成形，最后敷彩上色成为千年不朽的艺术珍品，是工匠们的巧手使普通的材料成了艺术的生命。

还有一件小事，1954 年，我经手重修中寺正门及两侧的房屋，原山门在拆除时，将寺院匾额“雷音禅林”也存放在第 450 窟中，算是保存了一件清代寺院文物。

当时，我初步从事文物保护工作，没有文物保护的知识和技术，在莫高窟又没有人可以请教，当时也没有文字资料可以参考学习，这种情况是当时的文物保护工作者普遍的困惑。但出于对文物保护的责任，我们在不断地探索中前进。我不敢说过去做出了多少成绩，只是做了点基础工作。我们也算尽到了应尽的职责，问心无愧矣！

据说，现在敦煌研究院的有关部门已经对当初经过我们精心收集整理的第 450 窟的六臂观音及一些小头像用于公开展览，成为展品中的精品。这对我当年的做法给予了肯定，老年的我深感欣慰。

高僧洪辩像回归藏经洞始末

莫高窟第17窟是人尽皆知的藏经洞，在1900年被道士王圆箓发现。此后的几十年在这里上演了多少欺骗、盗劫洞窟中文物的悲剧。东西方学者专家花费大量精力，专门研究从这里流散出去的文献，使敦煌石窟艺术与藏经洞文献共同组成一门精深的显学——敦煌学。我这篇短文不拟赘述敦煌学，而是要谈谈这个洞窟的本身。

我们现在看到第17窟内端坐着一身作禅修状的高僧大德塑像，身姿端正、面目健硕、庄严慈祥，正是洪辩和尚①。塑像后面的墙上有一幅壁画，右侧画一身着男装的妇女，手持一杖、一巾，左侧画一比丘尼，手持纨扇，两人之前各植一阔叶树，枝干苍劲，有藤萝下垂，极富装饰意味。墙壁左

①洪辩告身碑上的“辩”字作“巩”字下面一“言”字，“巩”字的偏旁“凡”字中也少一点，经查《中华大字典》该字为“巧”字下一言字的别写，而后一写法则为“辩”字本字。因此在本文中直接写作“辩”字。

＊敦煌藏经洞窟口

侧树枝上悬挂一手袋，右侧挂一水壶。塑像与壁画人物之间关系协调，是非常难得的壁画与雕塑相结合的一组人物。西壁嵌洪辩的告身碑一通，其他各面均是素壁无画。唯坐床正面画双鹿，西侧画一双僧鞋，这明确说明此窟即是洪辩和尚的影堂。但在发现藏经洞时，窟内并无此像。

1965 年，莫高窟第 17 窟以北的区域正在进行加固工程①，搭设了工程脚手架。我陪常书鸿所长视察工程情况，走到第 14 窟的工程架板上时，他指着第 14 窟上面的一个小洞窟（第

①《莫高窟内容总录》关于第 17 窟记录后注："洪辩像于 1964 年迁回窟中。"该段描述的是为石窟第三期加固工程，到 1965 年才开始施工，有了脚手架后，迁移笨重的塑像才有了可能性。

* 20 世纪 40 年代的莫高窟

* 莫高窟第 17 窟北壁高僧像（吴健摄影）

362 窟）问我：“你上去过这个洞子没有？里面那尊和尚塑像可能是洪辩像。”我觉得有点突然，回答道：“我最近才上去过，和尚的真身塑像很好，有点不像是这个洞子的。”常所长说：“趁现在有工程架板，你找几个人把塑像抬下来，放在藏经洞。”当时洪辩像所在的第 362 窟是在第二三层洞窟的夹层之间，可能是一个小禅窟，窟内素壁无画，塑像放置于窟的南侧，没有正对窟门，洞窟的简陋与塑像的高质量似乎不相匹配。莫高窟第 362 窟的开凿，破坏了第 361 窟的东北窟底，因为修理第 361 窟的底部，我多次从第 361 窟下到第 362 窟，感觉此塑像不知是从何处迁入此窟寄存的。经常所

*莫高窟三层楼［最下面是第 16、17 窟（藏经洞），洪辩像就是从旁边第 362 窟搬下来的］

长的提示，我也觉得此塑像很可能是藏经洞封闭之前为了藏经而搬出来寄存在第 362 窟中的。

按照常所长的安排，我很快找了两三个人，将塑像从第 362 窟中搬迁出来，放在第 16 窟的窟檐下。塑像很结实坚固，搬迁过程也很顺利。塑像的背面是素泥、无彩，背部中心有一直径七八厘米的圆孔缝迹，应是塑像时预留的孔洞，在放置物件之后，又用泥仔细封堵。大家在现场议论说可能是在孔洞里收藏了有关物品，也许有能说明真身塑像身份的文字资料。常所长决定，就在现场打开孔洞。打开封泥之后，从洞里取出一个纸质的圆包，纸张色白而坚固，并不显得很陈旧。当我们把纸包层层打开，里面是几块骨粒（舍利子），色白质硬。纸上有墨书汉字，但没有任何关于塑像身份的内容，文字也不成体系，似乎是当时人们练习书法的纸张。既如此，我们就把舍利子的纸包放回原处，再用泥封堵起来。

在现场我们几人认为此塑像应该是第 17 窟影堂窟的主人——洪辩的真身塑像，理由有四条：

一、影窟中有洪辩的告身碑，说明第 17 窟确凿无疑是洪辩的影堂窟。

二、既然第 17 窟是洪辩的影堂窟，就没有必要书写文字来说明塑像身份，放置他的舍利子即说明是真身塑像。

三、迁出塑像是为了在洪辩的影堂窟里放置当时诸寺院收藏的大量写经、文书、字画等文物。因所藏文物数量太大，于是事先把洪辩塑像迁出。为尊重塑像的身份，没有弃置损坏，而是就近安置在第 362 窟。第 362 窟虽地处二三层洞窟之间，但当时石窟之间可能有栈道，迁置塑像不是太困难。

四、还有一点特别重要，在第 17 窟南北诸多石窟中没有类似的影堂窟，由此说明此像即洪辩的真身像无疑。

常所长决定把此塑像放回第 17 窟，我和窦师傅找来几块 3~4 厘米厚的木板[①]，按第 17 窟内床座（因床座内是中

---

①所用木板当时尚坚固，但已过五十年了，希望有关方面及时检查木板有无问题，确保塑像的安全。

* 敦煌文物研究所所长常书鸿等在研究工作（孙儒僩摄影）

空的）的尺寸，衬垫在床座上，再把洪辩像安放在上面，木板的端头没有做任何处理，我当时有点不放心，因为我怕有人对塑像被确认为洪辩产生质疑，所以是临时安置。洪辩塑像从第 362 窟迁回第 17 窟正好五十年了，在这段时间里，并没有人提出异议。这位中晚唐时期的高僧大德回归他的影堂，如果他在净土有知，也可以安心了。

根据常所长的安排，洪辩像安置完成之后，再将洪辩告身碑迁回第 17 窟（窟中的西壁原来有适合安放告身碑的位置）。告身碑当时在第 16 窟甬道南壁，可能为了拓碑方便，从第 17 窟内迁移到第 16 窟甬道南壁，估计这也是王圆箓所为。窦师傅带着工人从第 16 窟甬道上先把石碑取下来，抬到窟外。常所长在石碑背面（石碑背面只是粗加工，并不平整）用毛笔题写了一篇文字，大致记述了藏经洞的发现，以及有关列强的所谓探险家对藏经洞内文物巧取豪夺的可恨事件，可能还提到1966年是莫高窟建窟1600年等内容，可惜我当时手边没有照相机，没有留下记录（现在这段文字应该还在石碑后面[①]）。

整理于2017年10月8日

①我目前视力衰退，本文是我手写的文字初稿，后由我的二女儿孙晓华代我整理并打字完成。

关于“石室宝藏”牌坊和“慈氏之塔”的拆迁与复原纪事

“石室宝藏”牌坊的拆迁

莫高窟的“石室宝藏”牌坊俗称大牌坊，位于敦煌城至莫高窟公路终点处的宕泉河西岸（现在都将其河称为大泉河），通过一座桥梁，从大牌坊间穿过即进入莫高窟窟区，窟区内满眼苍翠的林木中间有一座飞檐翘角、红柱绿瓦的古代建筑——牌坊，牌坊虽不高大巍峨，但庄重大方，牌坊的匾额东面上有“石室宝藏”四个大字，西面则是“三危揽胜”的题字，是莫高窟的正门。

说起这座牌坊，近些年来多有人问起它的来历。由于我来莫高窟的时间比较早，又是大牌坊拆迁的经历人，所以就五十多年前的旧事重提，赘述如下：

莫高窟“大牌坊”原来不在莫高窟，本是敦煌城东街上汪氏家族一位妇女的节孝坊，具体地点在敦煌城内现在与县委大楼相对的大街上。

1958 年，敦煌县城扩建街道，县政府以牌坊妨碍扩建街道为由，要将牌坊拆除，常书鸿所长得知此事后，遂向县政府提出将

敦煌县城东大街牌坊（斯坦因于 1914 年 3 月 29 日拍摄，孙志军提供）

牌坊迁建于莫高窟，县政府觉得这一想法很好，既保留了牌坊又能省去一笔拆除经费，真是个好事。常所长回到所里当即安排我去敦煌县城办理拆迁手续。在这之前的几年间，我长期从事莫高窟的石窟保护和房屋修缮工作，经常和敦煌泥木建筑的工匠打交道，因此我很快在敦煌城找到了老木匠梁师傅，据说他精通传统木工技术，另又找了泥工郭师傅。在迁除这座牌坊之前我才仔细观察牌坊：牌坊横跨县城东大街，牌坊两侧人行道边有四棵高大粗壮的白杨，路南道边有两根双斗桅杆，不仅是节孝坊女主人身份的另一个标志，也是牌坊的重要组成部分，牌坊正面三开间，呈三牌楼形式，中间是过道，过道两侧是低矮的牌坊台基，承载牌坊的所有结构。台基上各有三根立柱，形成一对等边三角形，形成平面的稳定结构，是这座牌坊的独特之处，中间的两柱高大粗壮，支撑上层牌楼及两侧牌楼大部荷载，两侧的两柱支撑三角牌楼的各一角，中柱的前后又有两根戗柱，构成三角形结构，形成立面的稳定力量。整个牌坊设计巧妙，飞檐翘角，美观大方又庄重华丽，是敦煌县城清代建筑的精品，很值得搬迁。如果将其搬迁至莫高窟的适当地点，将成为一个新景点，当即我就怀着兴奋的心情投入拆迁搬运的工作。

在拆除过程中，没有汪姓人来联系并了解有关问题，因而搬迁工作进展顺利。牌坊建在大街上，那时往来的汽车不多但过往行人还是不少，我当时对拆迁的要求主要有：一是要特别注意拆除工人及行人的人身安全；二是不同位置的瓦件分别堆放，不得损坏；三是牌坊的主要部分是木质构件，椽下的花牙子（斗拱的演变变形）纤小薄脆，需细心拆卸，拆除时先按位置编号，以防修复时发生错乱难以拼装。梁师傅说："你不用担心，修牌坊时一定有清楚的编号。"果然拆除以后看见木构件都有编号，可惜没有记下编号的方法（有待后人再进行研究）。拆除进行得很顺利，瓦件、木构件分别堆放在街道两侧，为了小构件的安全，连夜把木构件用马车运回莫高窟，瓦件、石料作为第二批一起运回莫高窟①，暂时存放在现在

①我曾对人谈过关于牌坊的有关问题，当时说是用汽车运回莫高窟的，此次写这篇短文时才回忆起是用马车运输的，因为天热所以是夜间行车，我也随车回莫高窟。

大牌坊南侧的大榆树下。

从常所长交代搬迁牌坊时起，我就不停地考虑牌坊应该复原在何处，20 世纪 50 年代初我考虑过莫高窟的环境规划，其实说不上规划，因为莫高窟是一块不大的台地，总面积二百多亩。当时从敦煌到莫高窟的公路是经大泉河东岸斜线越过大泉河床到下寺旁边进入莫高窟的，从那里沿窟前有一条 1955 年铺设的到中寺的简易沥青路，即当时文物研究所的工作和生活区。我们日常活动就是沿着石窟崖壁前的树林一线活动，来这里的游客也是沿着这条路线参观，缺憾是从远处看不见石窟全貌（现在游客进入莫高

敦煌县城南门（斯坦因于 1914 年 3 月 29 日拍摄，孙志军提供）

窟的入口依然是这里，只是修建了一座漂亮的大桥。）

莫高窟的全貌在南区石窟形成的景观都是水平构图，只有位于南区石窟群稍偏南的第 96 窟唐代大佛窟，于窟外修建了一座九层高楼，成为莫高窟的标志性的景观。我曾设想在九层楼前开辟一条东西向的大道直通河边，可当时莫高窟中寺以北还是一片果园，果园以东是畜圈及草料场院，那时还没有这么大的改造能力，正对大泉的东岸也没有较开阔的场地，将来也不可能修建一座桥梁，与九层楼遥遥相对，形成一条莫高窟环境布局的主要轴线。

现在的小牌坊正对第 428 窟，小牌坊后有台阶直上第 428 窟，小牌坊匾额题“古汉桥”三字，小牌坊前有一条东西向的小路通向大泉河西岸。路的两侧都是农地，小路靠河岸有一片沙荒地，南侧是大榆树，北侧原有王圆箓所修的千像塔，再北是宋代的天禧塔，东岸有一片平坦开阔的场地，有王圆禄的墓塔及多座宋元僧塔散处其间。我设想正对小牌坊向东开辟一条东西向的轴线，并设想将来在该处修建桥梁，这样冬季就不会因大泉河水冻结造成交通困难。我把这个设想向常所长汇报后，他去现场观察、验证，并同意了牌坊的复建之地——移建在与小牌坊遥遥相对的大泉河边。

在牌坊复原地址确定之后，1959 年春夏之际我们开始了牌坊的复原修建。该处原是一坑洼沙荒之地，利用洞窟除沙把坑填满。当时不了解沙的荷载功能，我担心牌坊修在该处可能发生沉陷，还在牌坊中间两根大柱下面打了若干根木桩。复建安装工作进行得很顺利，复建时我把牌坊两侧的台基提高了四五十厘米，修复完成后，从大泉河岸向西观望，可看到一片石窟的崖壁和浓荫的树林，新景观的雏形已初步形成。

该牌坊建于清道光二十六年（1846 年），到 1959 年已有 113 年，牌坊木构的彩画已经斑斑驳驳，牌坊的匾额对联等文字是旌表汪氏妇女的，放在莫高窟不适合。适逢常所长在北京，专程请郭沫若先生题写的“石窟宝藏”“三危揽胜”。但原题字迹只有三厘米，我通过拍照、幻灯放大、描线，再用最原始的打米格方式手工放大到需要的尺寸。“石窟宝藏”四字用在向东的大匾额上，“三危揽胜”用在向西的匾额上。透过牌坊的中间，形成的景框正好面对三危山主峰，峥嵘危耸，使荒凉寂寞的戈壁景象与窟区绿树成荫的环境形成了鲜明的对比。匾额的两侧原是表彰汪氏的对联，美术所的画家们提议画成两对飞天。最初的飞天是由段文杰先生完成的，后来由于木板大多破裂、脱色等，更换的木板由李其琼重画，一直保存到现在。牌坊中间的屋檐下原来的风字牌上题写的是“汪氏节孝牌”，改为郭沫若先生题写的“莫高窟”三字，放大后另用木板刻字，附着在原来的字迹上。大红底色，金色字迹，这一改相得益彰，形成莫高窟小环境中具有新内容的建筑。

经过这些变动之后，牌坊原来的彩画显得太过陈旧，美术所的画家们跃跃欲试，想为牌坊重新彩画，但那段时间美术组人员正在筹备 1959 年国庆十周年的敦煌壁画大展，无暇顾及此事。于是我找到了老画工张师傅，通过他又邀约了一批画匠，按原彩画的花纹色彩，重新上彩，以保持修旧如旧的原则。

牌坊屋面所用的瓦件大部分完好，因为敦煌多风沙，瓦件附着了很多尘埃，虽进行了洗刷，仍很陈旧，一片灰黄。和彩绘一新的木构部分相比，瓦件更显得陈旧，很不相称，限于经费及当时的条件，不能换为琉璃瓦件，我只得暂时用绿色油漆涂装一遍，以取得较好的色彩效果。虽然后来有专家批评，但那时条件有限，也是不得已而为之。大牌坊的修复于 1959 年 9 月完成，是当时研究所为国庆十周年的献礼。牌坊的拆迁修复距今已经 60 余年了，中间因环境的变迁又进行了一次小迁移，但牌坊的风貌依旧，成为莫高窟的标志性建筑之一。

大约在 1976 年，省上批准改造敦煌到莫高窟的公路，公路设计的终点正对大牌坊轴线，并在大泉河上建成三孔拱券桥。实现了我们当初的构想并改善了交通条件。

说几句补白的话，大概在 1980 年，研究所办公室通知我说有一位姓汪的人找我，我们约在牌坊的小广场上见面，一位中年男子和我说：“孙同志，你知道这个牌坊是我们汪家祖上的东西，迁来莫高窟已经几十年了，我不敢说把牌坊要回去的话，现在我们汪家生活比较困难，研究所是

▲ 牌坊西向面（孙儒僴绘的水彩画）
▼ 牌坊西向面（孙志军提供）

否给我们点补助，就你们单位来说不算什么吧？”我本想说你找办公室或是所长去，我处理不了。但又一想，这事是我一手经办的，找他们也说不清楚，最后还得来问我，于是我回答他：“牌坊是我们常所长向县政府要来的，拆牌坊的时候也没有见你们汪家说什么。话又说回来，牌坊拆除后修复在莫高窟，是研究所保存了你们汪家祖上的东西，你应该感谢我们才对。”我又说：“在当时的社会大环境下，我们不去拆除运回莫高窟，县上拆除了也不一定就把木料给你们。退一步说，县上就是给了你们，除了几根柱子可用之外，其他小木料早成你们家的烧柴了吧，你说是不是？”他无话可说，我接着说：“何况当时是常书鸿先生向县政府要来的，我并没有与你们汪家打过交道，你现在找我，我也没有办法，算了吧，牌坊在千佛洞可以永远保存下去，也是你们汪家的荣耀嘛，值得你骄傲，有什么不好呢？”

六十多年过去了，大牌坊屹立在莫高窟大泉河边，成为一道景观。如今莫高窟布局疏朗，道路四通八达，千年石窟坐落在庄重、典雅的环境中，已今非昔比了。我作为一个老莫高窟人，为此感到十分欣慰。

慈氏塔的拆迁和复原

当人们走在莫高窟的园林中，有一座人们过去见所未见的建筑，它既不同于一般的亭，也不同于一般的牌坊，它古色古香、庄重典雅，为莫高窟的园林环境平添了一些古典优雅的气息，这就是“慈氏之塔”。在佛教上，慈氏即弥勒菩萨。

慈氏塔原在三危山中的老君堂，距莫高窟约 15 千米。1951 年，文化部文物事业管理局委派北京大学的赵正元、宿白，清华大学的莫宗江，以及古代建筑修整所（现在更名为中国文化遗产研究院）的余鸣谦四位专家组成员来莫高窟进行考察。其间，他们去三危山的老君堂考察。宿白教授曾写了慈氏塔考察报告，发表于《文物参考资料》1955 年第 2 期。1955 年，我陪同古建筑专家陈明达先生前往考察。陈先生说：“此塔虽小，但仅此一例，应妥加保护。”但长期以来，三危山中人迹罕至，1971 年，当时还在敦煌文物研究所工作的萧默先生对该塔做过调查研究和测绘[①]。

大约在 1979 年，所里有人告诉我，说是看到有人从三危山里往外搬运建筑木材，我突然想到会不会有人拆毁慈氏塔，这么重要的塔，要是遭到损毁就太可惜了，如果借机能把塔搬迁出来，复原在莫高窟适当的地方，是妥善保护此塔的最佳办法。但老君堂慈氏塔不在莫高窟保护范围之内，于是在征得领导同意后，我马上向省文化厅写了

---

①我记不清萧默先生的研究文章曾在某期刊上发表，该文后来收入他的《敦煌建筑研究》一书，（文物出版社出版，1989 年，第 303—307 页）。

报告，说明搬迁慈氏塔的理由和重要性，并保证将其安全运回莫高窟，且在合适之地修建复原。省文化厅很快就批准了我们的报告。拆迁之前，我详细测绘了塔的结构并绘制成图，为修复做好准备。大约在 1979 年秋天，我和保护研究室的其他工作人员，记得有李云鹤、窦占彪、段修业、马述仁等十余人同去勘察，并在现场讨论拆迁的有关问题。

* 慈氏塔拆除前远景

慈氏塔所在地现称老君堂，在三危山的半山腰有一处殿堂遗迹，遗址后有三间小殿堂，是晚清建筑，小殿后面是绝壁陡崖，再后面的高山顶上有个小亭子，人称南天门，可能就是老君堂。老君堂大殿遗址两侧的厢房、配堂等建筑已被人拆除。遗址前方右侧的高坡上有一座单层土木结构的小塔——“慈氏之塔”。塔的正门朝向遗址的轴线，孤零零地耸立在群山之间。这样珍贵的小塔若遭人破坏了，实在太可惜，同时也是中国古代建筑历史研究上的重大损失。慈

* 慈氏塔拆除前近景

氏塔的拆卸有许多文物保护的具体问题，如小型泥塑天王的包装，木构件的拆卸、编号、包装，塔身内外壁画的剥离和包装等。拆卸完成之后如何运输，这些具体技术工作由保护研究室的李云鹤、窦占彪等人负责进行。

三危山上炎热干燥，遗址附近山沟中的崖壁缝隙间有水滴滴下（古代的人们就依赖此水生活），但不可能供应十多个人的饮用，每天还得自带饮用水及干粮。山间的道路崎岖难行，山沟里全是风化的小石子，棱角尖锐，几天就能将新鞋磨破，行走起来确实艰难。拆除工作进行了近十天，大家被晒得黝黑，人也廋了，辛苦程度真是不可言说。最后两三天我们将所有拆卸的文物构件包装运输，我们雇用了几匹骆驼进行驮运，在运输到最后一天时，天都黑了还不见运输的人回来，我与李云鹤的儿子都很着急，站在大泉河东岸的高坡上打亮手电给他们指引方向，但始终不见踪影。我焦急万分，担心发生意外。好在到深夜时分，他们终于安然无恙地回来了。原来为了安全起见，他们选择了另一条较平坦但较远的道路回来的，至此慈氏塔上所有的文物零部件都安全运回莫高窟，暂存在第76窟。

在慈氏塔拆除过程中，敦煌文化馆的荣恩其先生来莫高窟找到我说："你们为什么不经县上的同意就把慈氏塔拆了？这样做不妥当吧！"我向他表示抱歉，告诉他："因事出仓促，我们直接请示了文化厅并得到批复，同意我们拆迁并在莫高窟进行复原。"我也把文化厅的批文拿给他看了，他再没有说什么。我又告诉他："塔还没有拆完，拆完后塔基下面是否有地宫，你可以一同去察看，如果有地宫且有珍贵文物的话，你可以请示文化厅看如何处理。"后来慈氏塔被全部拆除后，塔基之下是坚硬的山石，没有地宫的痕迹，此事就此了结。

在拆塔过程中，我考虑将塔复原在莫高窟何处为妥：上寺以南游人稀少，复建在那里观赏的人可能不多；而下寺一带有当时的办公室一院、资料室、招待所等好几处现代建筑，

* 慈氏塔塔檐
* 慈氏塔斗拱

复建在那里也不妥。最后考虑复建于上寺与下寺的中间即美术陈列馆至第 61 窟的轴线上，领导同意了我的建议。慈氏塔复建在莫高窟南区的中心，即形成九层楼和小牌坊两条景观轴线之外的另一条小轴线，也成为一个小景点。

在复原问题上，慈氏塔拆除前，塔顶部分呈不规则的葫芦形，草泥抹面，我认为原塔的顶部塔刹不应该是不成形状的粗糙模样。因而参考莫高窟里建筑画里中唐、宋单层小木塔的形象，复原成八坡塔顶，坡与坡之间有垂脊，八脊相交处设须弥座（原塔此处是大葫芦状），其上按原塔塔刹（塔刹仍是原塔的刹杆）的高度设计了七层相轮，向上逐层收分，相轮上设一木圆盘表示宝盖，上有宝珠。塔顶、坡面、塔脊、须弥座仍按原塔形状以草泥打底，考虑塔顶要能持久保存，就参照了莫高窟宋初第 431 窟原窟檐的屋面、鸱吻，都用麻刀石灰抹面的方式处理，崖面露天壁画也用相同的办法，这样可以经久不坏，石灰中掺入少量黏土，可使塔顶表面的色彩沉稳协调。

慈氏塔虽小，但其设计建造有独特之处，用土坯砌造的八面塔身，中有方形小室，塔身有木结构的八面外檐，拆除之前我在测绘制图过程中发现，柱枋斗拱设计合理、小巧精致，但斗拱上只有一层檐椽，椽头与柱上的角梁在同一平面上，木角梁前端刻成龙头形，龙头前面因为糟朽被锯掉一部分，单层的檐椽不能遮挡下面的斗拱等木构件，可以使其免遭雨水侵蚀。

我分析檐上原来应该有一圈飞头，才能把下面的木构件遮盖住。根据多方分析，再经过绘图添加上飞头，建筑形式与结构才显得比较合理。最后就是按照这一考虑进行塔的复原修建。

此塔原修建在老君堂遗址一处面积不大的小山坡上。在坡下仰观小塔，塔本身的外檐下没有台基，柱下的地袱直接被安置在平地上。在修复时为了达到原来仰望的效果，加砌了一米多高的片石基座，使塔身稍许提高一点，比较适合原塔的视觉高度。关于复原修建过程中的种种技术分析，以及最后完成的形象是否妥当，我不敢妄自肯定，留待有识之士的评说，甚至另行改造。但该塔屹立在莫高窟的园林中也有三十多年了，近几年又经过一次维修。

塔的拆除、包装、搬迁运输等具体工作，由李云鹤、窦占彪负责，与当时保护研究室的全体工作人员共同完成。其中，复原的泥工部分如台基、屋面、刹下的须弥座由窦师傅完成，塔身木结构的拼装可能由窦师傅、马述仁完成，塔顶的刹部配件由马述仁制作安装，塔拆迁前的测绘、制图及复原设计主要由我负责完成。

搬迁及复原后的慈氏塔，为莫高窟增色添彩，现在其周围形成一处小广场，它玲珑纤巧的造型，古色古香的外观，成为一处靓丽的小景点。

20 世纪末，敦煌研究院对九层楼的广场改造完成之后，在广场的轴线上修建了一处台基，曾有领导想把慈氏塔迁到那里去，与大佛九层楼呼应。我曾表示：慈氏塔体型太小，在九层楼前不太相称。再说，九层楼的大佛是弥勒大像，慈氏塔也是弥勒菩萨，两个弥勒相对也许不妥[①]。

慈氏塔作为中国古代建筑历史上的一个孤例，其土木

---

①我的答复没有什么宗教根据，在石窟中两幅相同的经变相对也是有先例的。

结构的特点、时代分析等问题，宿白先生和萧默先生的研究文章已发表。孙毅华和我合作的《敦煌石窟全集·石窟建筑卷》也有相应的论述，此处就不再赘述了。

慈氏之塔的拆迁复原，使这一千年古老而珍贵的建筑从荒僻的三危山移迁到莫高窟的园林，使其可以得到妥善的保护，它将长期存在下去，也是中国古代建筑历史上的一件幸事吧！正如陈明达先生所说："此塔虽小，但仅此一例，应妥加保护。"

从标尺到图纸：莫高窟壁画面积的丈量史

七十多年前，我刚到莫高窟时，看见莫高窟有几百个状如蜂房的洞窟分布在崖面上，洞窟数量已经有伯希和、张大千的编号，虽不确切但大致可以确定洞窟数量，但是还不知道有多少平方米的壁画。

当时据说如果把壁画按两米的高度排列起来，大约有十公里长，以这样的标准估计，莫高窟壁画面积则有两万平方米。在很长一段时间里，大家都沿用了这一说法。但莫高窟壁画面积究竟是多少，当时没有确切的统计数据。不过，当时塑像的数目是可以统计出一个较为准确的数字的。

1961 年，记不清具体出于什么原因，或许是某个人提出了壁画的面积问题，经过大家的讨论，决定由美术组、保护组联合对壁画进行一次全面的丈量。丈量方式是按照石窟的不同位置，如前室、甬道、主室、窟顶、佛龛的壁画面积分别丈量。这一工作虽没有什么难度，但数据浩繁。记得我按大家的讨论结果设计了一个表格，刻成蜡版并油印了五六百张，分发给参与统计的工作人员。表格内容按壁画方位设项，以一个中唐较大的洞窟为例：

前室：南北两壁、顶、西壁南北、窟门上的门额共六处。

甬道：南北两壁、甬道顶、南北两披共五处。

主室：东壁、南北两处、门额共三处。南北两壁共两处。

西壁：龛的南北、龛下、龛上共四处。

窟顶：东南西北四梯形披面。

藻井：藻井的四个垂直的边共九处。

佛龛：南、北、西三面；龛顶：顶及四个梯形披面，须弥座的东、南、北、西五处（须弥座不是平面，有些凹凸或弧面因面积不大，当作平面丈量）共十五个小面积。

根据上述安排，此种类型的洞窟需要丈量不同位置、不同大小的壁面共 41 处。

如初盛唐时期的洞窟，佛龛形式相对简单，壁画面积要少一些。但莫高窟早期的北魏、隋代有中心柱的洞窟，需要丈量的壁面大大增加，工作虽没有多少技术含量，但是相当浩繁。参与丈量工作的人员有美术组、保护组的业务人员和一些工人。当时是谁有空谁就参与，没有特别的工作安排，全凭工作热情。但可惜具体参与的人员如今已经记不清楚了，可以肯定的是，大家花费了非常久的时间才丈量完毕。

同年，丈量出的数据最终都集中在我手里，那时候还没有普及计算器，我是用算盘算出来的。因为我不精于珠算，只得慢慢

* 关友惠、马世长、贺世哲在莫高窟第 290 窟进行实测工作

* 敦煌文物研究所美术所职工临摹壁画完成后开会审查

算，反复核对，再用一个小计算尺进行复核。大多数洞窟中有梯形面积，有的有四处，有的有八处，计算时还得按梯形面积的简单公式才能算出来。虽然整个工作技术含量不高，但工作量不少，我记不清花费了多少时间才算出四百多个洞窟的面积，汇总出洞窟壁画的总面积为四万五千多平方米。因为没有人帮助我复核，准确与否我不太自信。

需要说明的一点：四万五千多平方米的壁画面积中，有些洞窟的前室甚至主室壁画有脱落之处，丈量时没有扣除，不过这种脱落的面积极少。因为当时条件所限，西千佛洞和榆林窟没有进行丈量和统计。

壁画面积的丈量和计算是保护和研究工作的基础，如果没有一个较为准确的数字，就是对我们保护和管理的文化财产的底数不清，但丈量及计算是否准确，现在应该进行一次复核，以便得出更为精确的数据。可惜的是，当时丈量和计算的原始资料后来遗失了。好在洞窟和壁画还在，再来一次丈量和计算是必要和可能的。

2017 年春节期间于兰州

石窟档案保护，任重而道远

敦煌艺术研究所成立之初，常书鸿先生就很重视敦煌石窟档案的工作，石窟建档就等于是摸清莫高窟的家底，若家底不清，是很难把工作做好的。在敦煌艺术研究所成立之前，向达、王子云等都做了关于石窟问题的记录，特别是对石窟的内容和供养人题记等方面资料的收集。研究所成立以后，杨世安、李裕及后来的史苇湘、段文杰等都做过石窟资料的收集。

除了文字资料之外，常书鸿先生在筹备期间就准备收集影像资料，这是档案的重要内容。当时他请罗寄梅到敦煌摄影，罗寄梅在敦煌拍了大量的壁画资料。但据常先生说，罗寄梅从重庆到敦煌的交通费就花掉了 2 万元，当时筹备经费才 5 万元且罗寄梅在敦煌拍的大量资料，之后并没有给常先生一张照片。罗寄梅后来到了美国，这批资料捐给哪个大学记不清楚了。我说这些话的意思是，常先生非常重视收集石窟资料，从 20 世纪 40 年代就开始收集，一直到 20 世纪 80 年代才出版了一本书。

后来，常先生的夫人李承仙调到保护岗位，她尝试对一个个洞窟建档，内有石窟内容、供养人题记及保存情况等资料，都是以文

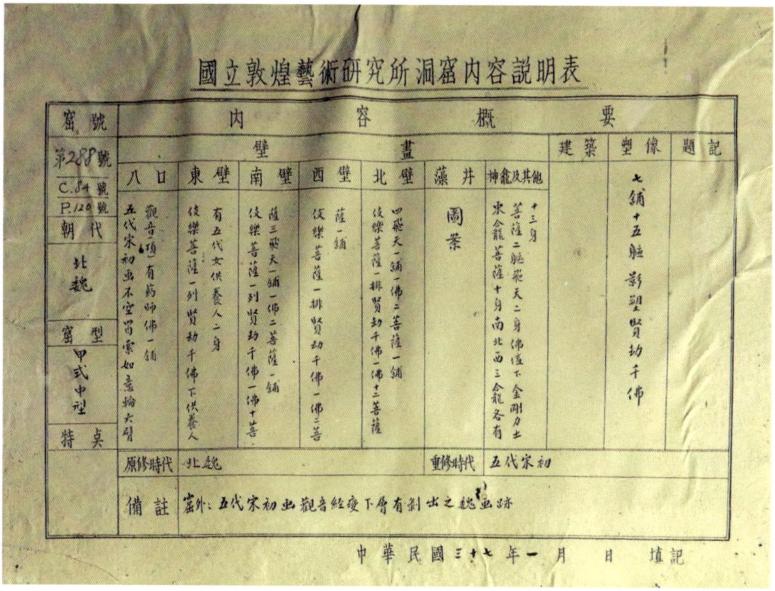

國立敦煌藝術研究所洞窟内容說明表

窟號	内容概要									
	壁畫							建築	塑像	題記
第288號 C.84號 P.120號	八口	東壁	南壁	西壁	北壁	藻井	神龕及其他			
朝代：北魏 窟型：甲式中型 特点：	觀音(項)有藥師佛一鋪 / 五代宋初画不空罥索如意輪大臂	有五代女供養人二身 / 伎樂菩薩一列賢劫千佛下供養人	薩三飛天一鋪一佛二菩薩一鋪 / 伎樂菩薩一列賢劫千佛一佛十菩	薩一鋪 / 伎樂菩薩一排賢劫千佛一佛二菩	四飛天一鋪一佛二菩薩一鋪 / 伎樂菩薩一排賢劫千佛一佛十二菩薩	圖案	十三身 / 菩薩二軀飛天二身佛座下金剛力士 / 水金龍菩薩十身南北西三金龍各有		七鋪十五軀 影塑賢劫千佛	
	原修時代	北魏				重修時代	五代宋初			
	備註	窟外：五代宋初画觀音經變下層有剝出之魏画跡								

中華民國三十七年一月 日 填記

*国立敦煌艺术研究所编写的洞窟内容说明表 （孙志军摄影）

字的方式进行记录的。但是她做这项工作的时间不长就调离敦煌研究所了。她临走之前，交给我一份她做的资料，我看后觉得挺好，就是烦琐了点，我就把方案简化了，印制了一些表格，请樊锦诗先生看后，她认为还是有些烦琐，我就又进行了简化。樊锦诗安排万庚育参与这项工作，万庚育认为一两年之内就可以做完。我们做这项工作的目的是要把它作成永久保存的档案，所以要求用正楷、碳素墨水书写，但万庚育做了一段时间后，又调回美术组了。在这期间，我也试着做了一些，我希望这个档案里包括石窟内容、供养人题记、游人题记、测绘图和每个洞窟的照片，洞窟里的每一壁、每一面都能有一张照片。后来，我把这项工作交给张伯元，他把文字部分的工作基本完成了。由于当时摄影部门工作任务重，没有时间配合我们拍摄照片，于是我们自己为每个洞窟拍照。直至我退休时，这项工作还在进行，之后就不了解做了多少。我记得游人题记也有人来抄写，测绘用的是1949年前陈彦儒先生整理的资料，但是非常粗略。

测绘资料是石窟资料的重要组成部分，受当时条件所限，只能先将就着放到档案里，档案册是活页的，便于随时

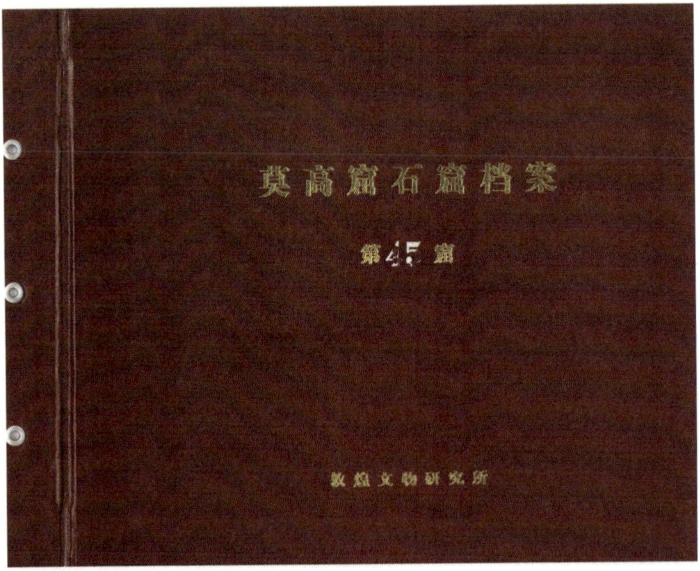

* 石窟档案封面

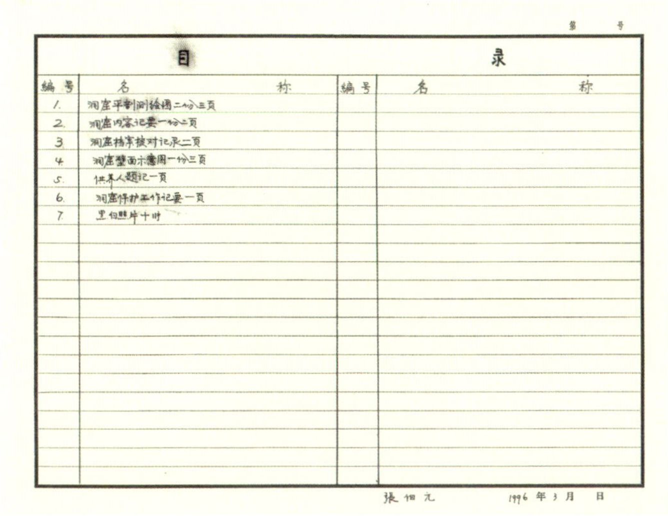

第　号

目		录	
编号	名称	编号	名称
1.	洞窟平剖测绘图二份三页		
2.	洞窟内容记要一份二页		
3.	洞窟档案核对记录二页		
4.	洞窟壁面示意图一份三页		
5.	供养人题记一页		
6.	洞窟保护工作记要一页		
7.	黑白照片十张		

張伯元　1996 年 3 月　日

* 石窟档案目录

增添新的内容。我当时还想把关于石窟保护情况的资料收集进去，但石窟加固有另外一批档案，所以就没有放在石窟档案里。

石窟的编号也是一个重要的资料，但是没有对石窟丈量过，每幅壁画的长宽尺寸没有数据。到我写这篇文章时，无论是小洞窟还是大洞窟，无论是大壁画还是小壁画，都只是照片，所以无法说明石窟的保护情况。如果石窟有了损毁，连这些画的大小都不知道。建立石窟档案很费事，也很烦琐，更不能成名成家，但它又非常重要，希望有人能献身于这一项工作。

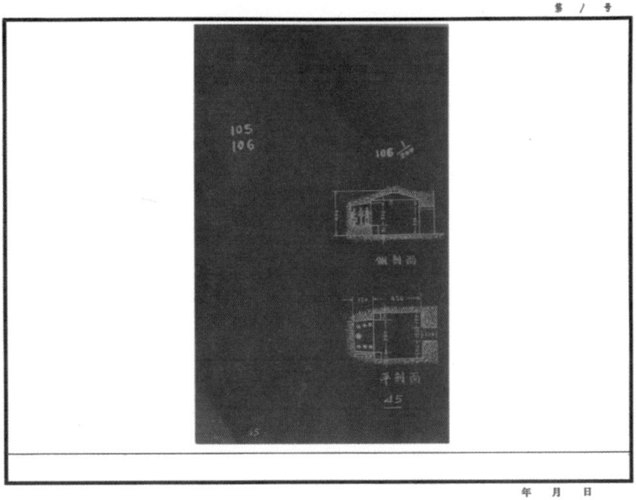

* 石窟档案最早的测绘图

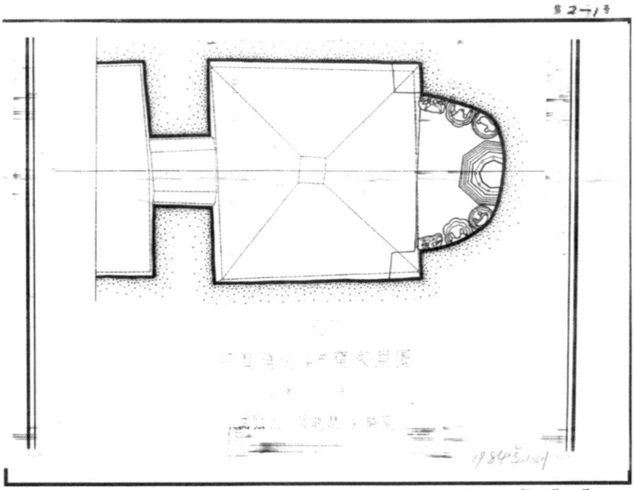

* 石窟档案现在的测绘平面图

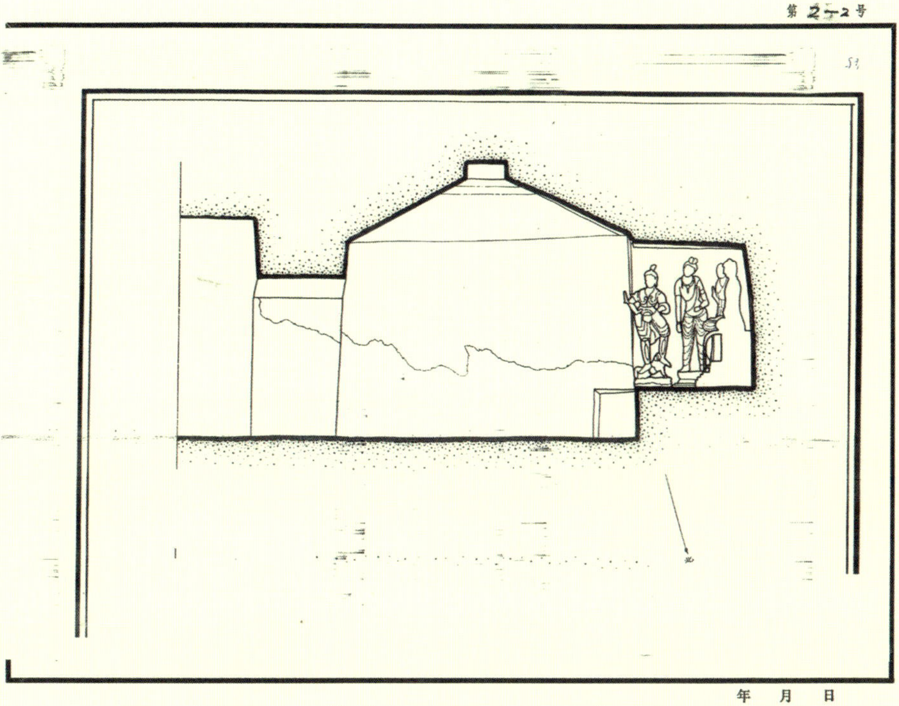

* 石窟档案现在的测绘剖面图

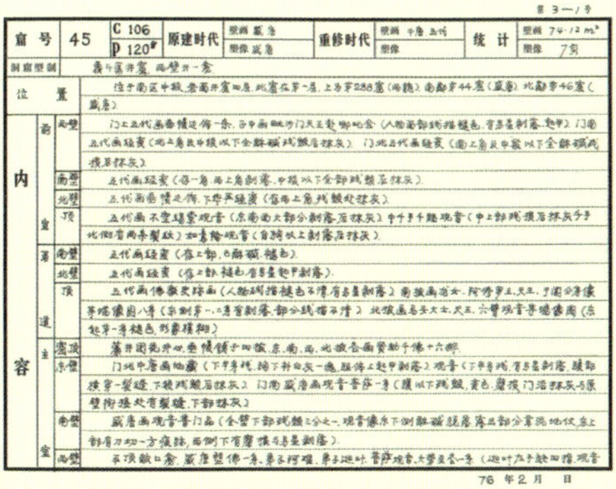

第 3—1 号

窟号	45	C 106 / P 120#	原建时代	壁画 盛唐 / 塑像 盛唐	重修时代	壁画 中唐 五代 / 塑像	统计	壁画 74.12 m² / 塑像 7身
洞窟型制	覆斗顶井窟，西壁开一龛							
位置	位于南区中段……此窟在第一层，上为第288窟（西魏），南邻第44窟（盛唐），北邻第46窟（盛唐）							
内容 · 前室 · 西壁	门上五代画……							
南壁	五代画经变……							
北壁	五代画……							
顶	五代画不空羂索观音……千手千眼观音……如意轮观音……							
甬道 · 南壁	五代画经变……							
北壁	五代画经变……							
顶	五代画佛教史迹画……							
主室 · 窟顶	藻井团花井心……四披……画贤劫千佛十六躯							
东壁	门北中唐画地藏……观音…… 门南盛唐画观音菩萨一身……							
南壁	盛唐画观音普门品……							
西壁	平顶敞口龛，盛唐塑佛一身、弟子阿难、弟子迦叶、菩萨观音、大势至各一身……							

76 年 2 月 日

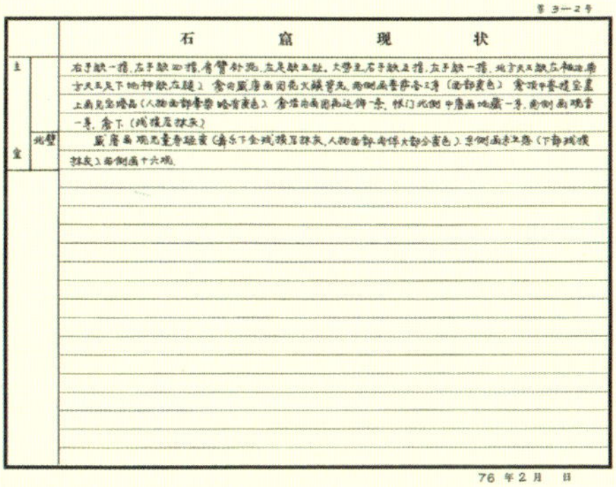

第 3—2 号

		石窟现状
主室		右手缺一指，左手缺四指……大势至右手缺五指，左手缺一指……（面部变色）……
	北壁	盛唐画观无量寿经变……西侧画十六观

76 年 2 月 日

* 石窟档案内容 1—2

第 4 号

45窟 盛唐 中唐—五代 石窟现状

前室：上部垂幔，中部有椽间二个作白灰面加固，南侧椽洞剥落处有底层壁画，霉变、烟熏起甲变污黑，门口上五代画毗沙门天王赴那吒会褪色、尘痕起甲、漠糊，有划道；门口南北侧五代画经变画残存上部分，霉变褪色、泥污、中部尘凹起甲脱落已漫漶，中部以下脱落作白灰面加固，南壁上下加固面中间残存一块起甲脱落严重的壁画，漫漶。

南壁残存五代垂幔，其下经变画一角褪色、污迹，西侧起甲脱落成泥土面，中下部脱落作白灰面加固。

北壁残存五代华严经变一角霉变褪色、污迹、漠糊，东侧脱毁间中下部均作白灰面加固。

顶：中间五代画千手眼观音霉变褪色、尘痕起甲，东侧脱落一块作白灰面加固，北侧有纵裂隙一条，壁面空鼓；南侧不空羂索观音，霉变褪色、刻划、尘痕起甲，东侧脱毁作白灰面加固，其西侧一条起甲脱落严重已成草泥壁面；北侧如意轮观音霉变褪色、尘痕起甲，东侧脱毁作白灰面加固。

甬道：南北壁各存五代经变画上部一小部分，霉变褪色，南壁有疱疹起甲脱落严重漫漶，北漠糊，中部以下毁作白灰面加固。

顶五代画佛教史迹画，霉变褪色，中部偏南有尘痕七处，烟熏起甲漠糊，盝顶坡上各画瑞像图八身褪色，小尘痕，南坡东一身被划道、尘痕毁

主室：西壁开平顶敞口龛，龛内西壁画团花身形火焰背光，霉变褪色、烟熏起甲漠糊，下部污黑，两侧各画团光五个，菩萨二身，霉变褪色、疱疹起甲污黑、漠糊，北壁下有划道；平顶画菩提宝盖和"二佛并座"，霉变褪色、疱疹白点、烟熏起甲（南灰暗，北污黑）；内盛唐塑跌坐佛一身，发髻有脱落，金刚座边沿有脱落；弟子二身面部（南有白色，北有黑点），北一身左手（母指外）四指毁，右手母、中指毁，色彩起甲；菩萨二身，色彩起甲，南双手、北右手指被毁；天王二身色彩起甲，南半灵座左腿毁。口沿团花边饰霉变、烟熏起甲灰暗。龛口外南观音一身霉变褪色、划道、尘凹、烟熏起甲漠糊，北侧地藏一身霉变褪色、烟熏起甲，中下部刻划、尘坑。龛口下沿脱毁泥土面，力士台面脱毁泥面。

南壁：画观音经变，霉变褪色、刻划、污迹、起甲漠糊，中下部毁作白灰面加固，榜题字迹漠糊，中间偏南有近 $0.4m^2$ 一块反碱起甲现象。

北壁：画观无量寿佛经变，两侧十六观、未生怨，霉变褪色、刻划、污迹、起甲、漠糊，偏东有纵裂隙，下部毁作白灰面加固，加固上部边沿起甲脱毁严重，有刻划痕迹。

年 月 日

* 石窟档案更新保护内容1

第 2 号

东壁：门口上白灰面无画；门口北中唐画地藏一身、观音一身，褪色、起甲、漠糊，壁面有题写，北侧有白灰面加固三处，泥面加固一处，中间有横裂隙一条，壁面空鼓，下部毁作白灰面加固；门口南侧中唐画观音一身，霉变、刻划、污迹、起甲、漫漶，壁面有题写、横划道，下部脱毁作白灰面加固。

覆斗藻井：团花井心及斗边霉变起甲，偏南严重，忍冬垂角帷幔铺于四坡，霉变褪色、黑点、起甲，四坡下及四角画千佛，霉变褪色、灰暗，有黑点、漠糊，南、东、北坡下排千佛起甲脱毁严重。

张伯元　2002 年 6 月 05 日核对记录

* 石窟档案更新保护内容2

现在有数字摄影的新技术，据说已经拍摄完成了约200个洞窟，但石窟的尺寸还没有进行测量，我希望研究院能安排人员进行这项工作，把每个洞窟、每幅壁画的尺寸都丈量清楚。莫高窟所谓的4.5万平方米壁画面积也是经过丈量得出来的，但只是量了每个洞窟总的面积，缺少每一幅壁画的资料。我希望这一缺项能很快补上，这都是不可或缺的资料。

孙毅华注：老一辈人已退休多年，他们那时关于石窟保护档案的工作与设想，在人力、经费与设备都缺乏的时候，已经开展了各项工作，自从敦煌文物研究所改为敦煌研究院之后，石窟保护档案就成为敦煌研究院的一项重要工作，不仅成立了档案室，有专人管理，且按照前辈保护档案的思路，将各项工作不断完善，在1991年完成了洞窟测量工作，形成手填表格本《莫高窟洞窟丈量记录·一九九一年》。关于洞窟内各壁壁画及塑像的拍照都已相应完成，还配有壁画病害及修复后的对比照片。随着时间的推移，加之现在敦煌旅游热，大量游客进入洞窟，改变了窟内小环境，石窟保护档案，任重道远。

“砸毁一批清代塑像”的真相

自从王圆箓发现了藏经洞及藏经洞文物，且被西方所谓的考古探险者用极低的价格“买”走藏经洞文物后，就一直有不同的声音在为王圆箓“叫屈”，特别是关于1962年敦煌文物研究所“砸毁一批清代塑像”的事。真实情况究竟是怎样的呢？作为一名近百岁的敦煌研究院老人，我想根据亲身经历和当年了解到的情况，谈谈自己的看法。

王圆箓发现藏经洞之后曾多次上书，但当时正值八国联军侵华之后，内外交困，清政府根本无力顾及此事。所以，地方政府只是下文让王圆箓“就地封存，命其妥为看守”。当然这是一纸空文，没有给任何保管费用。但斯坦因、伯希和等人以银子相诱，竟骗走上万件珍贵文物。我想试问一下：当时王道士为什么又不向当地政府报告呢？而且为什么还要几次那样做呢？难道王道士不应承担一点罪责吗？我们写文章要注意实事求是，不必过于为王道士“洗白”。

至于文中说到1962年“破坏一批清代塑像”的事，我是亲身经历此事的人，在这里很有必要说明一下，以免误导读者。

* 20 世纪 60 年代的莫高窟

大家都知道，在莫高窟还没有管理机构之前，有上、中、下三寺，下寺的一段洞窟是归王圆箓道士管理的。他发现洞窟中有不少彩塑，缺胳膊断腿的，很影响“视观”，就把窟中一些将坏未坏的唐代塑像搬走，找到一座佛塔埋起来，这就是后来所称的“千相塔”。在搬运和埋葬过程中，这部分文物的毁坏程度可想而知！之后，王圆箓又很用心地请人在洞窟内陆续塑造了不少彩塑，由于当时工匠技艺低劣，塑像的外形和色彩十分粗劣。

* 20 世纪 60 年代，莫高窟加固建设工地

后来，文物研究所的美术家、考古工作者都认为王圆箓组织塑造的这批塑像形象丑陋、色彩粗俗，与古代艺术极不和谐，应调整搬迁，恢复洞窟以前的古朴形象。1961 年，研究所打报告，所里的摄影师李贞伯还拍了照片，上报文化部请示。

1962 年，徐平羽为莫高窟加固工程等事率大批专家来莫高窟视察，有刘开渠、王朝闻、陈明达等古建筑专家及科学院研究员等。其中陈明达是梁思成先生的亲传弟子，对古建筑和文物保护

供养菩萨　敦煌莫高窟千相塔出土　盛唐

研究很有造诣。这次考察，首先研究了清除王圆箓所造粗劣塑像的事。我们申报清除 90 多身，最后批准搬迁 60 多身，这部分彩塑搬迁到北区空洞中存放。

为避免莫高窟文物被破坏，敦煌文物研究所想了一个办法，就是主动破坏了这批王道士所造的彩塑，留下的都是国务院规定保存的珍贵文物遗产。

至于高尔泰说什么“清代塑像”被毁，是不实之说。高尔泰是 1962 年才到莫高窟的，他不了解当时的具体情况。

被王圆箓埋藏在“千相塔”中的唐代彩塑，在 20 世纪 50 年代初期，敦煌文物研究所进行了抢救性挖掘。我当时在陕西关中，没有参与。1952 年，研究所成立保护组对挖掘堆放的“千相塔”唐代彩塑进行了整理修复，主要工作由我和窦占彪承担。那几年，我和窦占彪把“千相塔”中的残塑整理后，陆续存放在第 138 窟、第 450 窟。有不少彩塑非常珍贵，成为历次敦煌文物展中的精品。

榆林窟及西千佛洞保护散记

1943年，敦煌艺术研究所筹备委员会成立，次年国立敦煌艺术研究所正式成立，它的职责是做好莫高窟的保护和管理工作，常书鸿所长在极其困难的条件下开展了莫高窟的保护、管理和研究工作。至于安西榆林窟和敦煌西千佛洞，仍处于无人管理状态。据我所知，1941年，向达先生考察过莫高窟及榆林窟："先生到了敦煌，莫高窟却是一片榛莽、荒芜之景象……同时又去安西万佛峡考察。"①1943年，画家张大千在榆林窟临摹壁画。1945年，研究所的李浴先生曾考察榆林窟并对石窟内容进行调查。至于石窟的保护和管理因为条件困难没有提上议事日程。我到敦煌以后的几年间，研究所没有人去过榆林窟和西千佛洞。到了20世纪50年代初，我们才考虑把两处石窟的保护和管理工作承担起来。但是限于当时人力和财力，所做工作是很有限的。就我所知两处石窟的保护情况回忆如下：

①阎文儒、阎万钧：《向达先生小传》，阎文儒、陈玉龙《向达先生纪念论文集》，新疆人民出版社，1986年，第807页。

榆林窟

第一次考查榆林窟

1953 年 10 月初，敦煌文物研究所美术组和保护组的大部分人员应玉门油矿之邀去举办莫高窟壁画（摹本）展览，返回时曾去榆林窟进行初步考察并临摹壁画。一行十多人从安西县雇了三辆大轱辘牛车（实际上是牛、马、驴几种牲畜都有的杂牌车），一路上摇摇晃晃了三天才到榆林窟。当时的榆林窟，仅在涅槃窟和大佛窟前有不多的房屋，但是都十分残破，只能勉强住下。大家都是第一次到榆林窟，看石窟时非常兴奋，特别在参观第 2、3、25 窟的壁画时深感古代艺术的精湛，无论是壁画的形式、色彩还是线条都达到很高的水平，让人赞叹不已。此后的几十年，我一有机会去榆林窟，总要看看第 25 窟，有时甚至流连忘返。我记得当我们第一次进入第 25 窟时，发现东壁南侧的壁画剥落了约 3 平方米，从北侧保存完好的壁画看，剥落的壁画是几身菩萨，可惜已被践踏得粉碎了，残片当即捡拾到佛坛上，但后来也不知所终，非常可惜。等安顿下来之后，美术组的人员就开始临摹壁画。大家的工作热情很高，白天在洞窟内临摹，晚上又把画板搬到涅槃殿，画板中间放一盏汽灯，周围坐着四五个人，因为是藻井图案可以分工填颜色，就这样一边工作一边闲谈，直到深夜。

在此期间，我和段文杰、史苇湘核对了石窟内容和供养人题记，我和段文杰、窦占彪给石窟编号并测绘部分石窟。我虽然带了一部相机，但洞窟内光线太暗，没有闪光灯和照明设备，勉强拍了点照片，还粗略地调查了壁画的保护情况。因为条件困难，所做的工作都是最简单的。进入 11 月中旬，天气寒冷，绘画颜料已经结冰，临摹工作无法进行下去，事先联系好的牛车也来接我们了，一行人员在凛冽的寒风中转道安西并返回莫高窟，结束了第一次榆林窟的考察。

在榆林窟开展临摹工作

1956 年，由李承仙、段文杰率敦煌文物研究所美术组去榆林窟开展大规模的壁画临摹工作，第 25 窟是临摹的重点。当时美术组有李承仙、段文杰、史苇湘、李其琼、欧阳琳、关友惠、万庚育、冯仲年、李复，以及保护组负责摄影的李贞伯、祁铎，还有炊事员、发电师傅等。由于人数不少，所里还配备了一辆马车。当时这些人集中在榆林窟进行了大约半年的临摹和其他工作。在此期间，作家魏刚彦为了体验生活在那里住了一段时间，文物保护研究所的余鸣谦、陆鸿年、杨烈和我也相继去榆林窟进行石窟保护方面的调查工作。在榆林窟考察和临摹期间，我们对大面积空鼓剥落的壁画也进行了一次抢救性的修补保护，用草泥把剥落壁画的边沿墁抹起来，使其不再继续开裂和剥落，虽然当时做得比较简单粗糙，但是起到了显著的保护作用，因为自从那次修补以后再没有发现壁画有继续剥落的现象。1957 年，美术组人员再次到榆林窟开展壁画临摹工作，虽然工作和生活条件非常艰苦，但工作取得了丰硕的成果。

20 世纪 50 年代以前，榆林窟处于无人管理状态，1953 年，我们考察榆林窟期间，通过和安西县有关部门联系，他们建议由

榆林窟保管员郭元亨

长期在榆林窟和蘑菇台居住的道人郭元亨担任保管员，从此郭道长一直和我们联系，每年春天他负责修渠并给土地和林木浇水。20 世纪 60 年代，经所里同意后，他为榆林窟西崖第 33—36 窟下部岩体内陷 2 米多的病害地段进行维修，他买了几千斤柴禾填塞到凹陷处，虽然起不了支顶作用，但是有效防止水流的继续冲刷，起到了一定的保护作用。

郭道长很有责任心，原来他经常居住在蘑菇台或踏实乡上，自从他接手了榆林窟的保管工作，就经常住在榆林窟，但是那里只有他一人，也没有人和他说话，实在太孤寂。他曾经给我们说："我每天除了吃饭喝水，就没有张嘴的时候。"当时的榆林河道狭窄，水流湍急，水声如雷，峡谷里面又多风，1941 年，于右任先生在榆林窟时曾赋诗："激水狂风互作声，高崖入夜更分明。……"郭道长就是在水声风声中与佛、菩萨做伴。

这里我顺便提一件事情，1960年前后，人们都在饿肚子，单位领导也想让大家吃饱点，适逢其时郭道长给单位领导建议，说榆林窟戈壁上有一种灌木结的籽可以吃，郭道长叫它土籽，煮熟了可以和面片一起吃，也可以磨成面。领导觉得可以试试，于是把所里能动的男男女女二三十人，还有省文化局来的几名女同志，一汽车拉到榆林窟，那时天气已经开始冷了，每天一伙人带上一个簸箕、一条布单爬上榆林窟上面的戈壁，走上好几里路，找到那种灌木比较多的地方，把布单铺在灌木的下面，用木棍敲打小树的干枝，籽落到布单上。我仔细看了看，这东西不是什么籽，而是小灌木的树叶，因为戈壁上非常干旱，树叶退化而卷曲成了像

* 榆林窟旧貌

小米粒那么大的小球，小球里装满了沙尘，我很怀疑这东西能吃吗？但我不敢说出来，以后凡是吃土籽或是分给我土籽面，我都没有认真地吃下去，而是悄悄地处理了。

打土籽的最后一天下午收工回榆林窟，我感到浑身无力，非常疲乏，因此走得很慢，落在大家的后面，当我正想坐下来休息的时候，孔金师傅叫住我："老孙，不能坐，慢慢走，就快到了。"就这样，孔师傅一直陪着我走回去。我想他是怕我一坐下去就起不来了。几天之中人们饿着肚子打的土籽堆满了一个小洞子（可能是一个没有文物的禅窟），领导也没有说如何处理，以后再也没有人过问了。在以后的几年，每当我去榆林窟时总要去看看我们辛勤劳动的"成果"，不知什么时候什么人把这些东西清除了。

王书庄视察榆林窟

1964年，在进行莫高窟石窟加固工程期间，国家文物局副局长王书庄来莫高窟视察加固工程，之后计划去榆林窟考察。常书鸿所长让我陪同前去，研究所没有小车，我只得从敦煌县运输公司租了一辆小卡车，当时从安西踏实乡到榆林窟还没有公路，汽车不能沿榆林河到榆林窟，只有绕道经旱峡到蘑菇台再转到榆林窟。行车的便道十分难走，王局长坐在驾驶室里，我坐在车斗子里，车子空空的，颠簸得我站也不是，坐也不是。走出旱峡不久，在一段戈壁上汽车又抛了锚，司机折腾了一个多小时才把车子发动了，我当时非常担心，要是车子修不好，这里前不着村，后不着店，没有吃的喝的，怎么办呢？车子到了榆林窟，郭道长又不在，我陪着王局长上洞窟看了一遍，水也没有喝一口就离开了。在洞窟里我向他汇报了榆林窟保护方面存在的困难，他说："我会记住这些问题，以后慢慢解决吧。"当天经安西到柳园，那里的住宿条件太差，经我联系把王局长安顿到安西柳园镇的接待室住下，第二天又送上返回北京的火车。

1966—1976 年

从 1966 年开始，榆林窟的问题也就放下了。其间郭道长继续管理石窟，但是他阻止不了当地有关单位把石窟当作档案库房。大概是 1970 年吧，地方上曾把有关档案运到榆林窟保存，并在第 25 窟前甬道的开口处用白石灰把墙壁刷白，差一点把一处极为重要的石窟给破坏了。1972 年，榆林石窟保护才又重新开始了。以上情况是我回到敦煌以后才听说的。

1974 年，上面给敦煌文物研究所拨了一万元基建经费，指定用于榆林窟的保护。领导让我负责这件事情，当时一万元钱对个人来说是一笔大数目，但保护石窟只是杯水车薪。经过我再三考虑并去现场调查，有几件事花钱不多，但可以产生保护的效果：其一，榆林窟西崖第 32—35 窟崖体悬空的支顶加固；其二，东崖第 25 窟、第 26 窟崖顶大冲沟的封闭；其三，修建运输工程材料的便道等。

当时我为了将这笔经费用到刀刃上，真是费尽了心思。榆林窟离东坝兔比较近（约 20 公里），在那里借了推土机、拖拉机，并雇用了十几个农民。汽车把我们三人送到榆林窟崖顶的路边上，把东西卸下来，然后我们用架子车一趟一趟地往山下运。大概最后一趟时，小吴推着架子车在下坡路上跑得太快，车子猛地撞在土塔上，车把顶到小吴的肚子上，他“哎呀”一声倒在了地上，很痛苦的样子。我和窦师傅赶忙把他扶起来，小吴说：“没事没事。”当时我就想我接受这一任务可能有点冒失，在施工中一旦有人受伤或是生病，我们没有交通工具，没有电话，没有医药，那怎么办？轻病轻伤还好说，重病重伤呢？我不敢想下去，幸好在一个多月的施工过程中没有发生什么事故。但是我们三个人要管采购、建材运输、参与施工，还要自己做饭。当时没有蔬菜，三个人一个月只有一斤多清油，多数时间只能是咸菜下饭。

一个星期天，我赶着毛驴车到踏实乡打算买点副食并给单位打电话汇报工作进度。踏实乡当天没有杀猪，没有买到肉，结果只在供销社买到10个鸡蛋，我像保护珍贵物品一样把它们带回了榆林窟。去的时候我们带了几斤大葱，窦师傅怕干了，把它们埋在河边的沙子里，经常给它浇点水，到我们工程结束回单位的时候，就剩下一根葱了。一个多月，我们三人真是吃了不少苦，但总算把工程干完了。

这期间我从敦煌运输公司雇了一辆卡车，拉了几吨水泥到榆林窟，当时还没有现在的柏油路，汽车过了榆林河水库，一条简易公路在山坡之间蜿蜒，一处弯道上堆积了流沙。汽车在吃力地行进时底盘突然响了一声，车停下了。司机说：“完了！”他下车一看说：“传动轴断了。”我说：“有什么办法呢？”他说：“毫无办法。”这里离榆林窟还有七八公里，离踏实公社有十几公里。时当正午，艳阳高照，饥渴难耐，我们离榆林河水库管理所有一两里路，到了那里再想办法吧！我和司机沿着公路往山下走，在一处弯道上看见了水库，我们不约而同地走向水边，双手捧起河水贪婪地喝了起来，觉得水是那么清凉、那么甘甜。到了水库管理所向人家说明情况，借用他们的电话打到敦煌县运输公司。那时的通讯还比较落后，从水库管理所打电话要经踏实转安西，再转敦煌，费了好大的劲儿才打通了，说好第二天派车来救济。第二天来了救济车才把水泥运到榆林窟。

西崖第32—35窟的崖脚经郭道长用柴草填塞之后，避免了十几年河水对崖体下部的直接冲刷，此次维修，我们先把柴草清理出来，看到崖体下部被冲蚀最深处近250厘米，上面的第34窟、第35窟前室已呈悬空状态，崖体产生很大的裂隙，石窟已经处于非常危险的状态。这一万元经费重点就花在这里，用浆砌片石把冲蚀的部分完全填实，其作用一是支顶上部悬空的岩体，二是防止榆林河水流继续冲刷侵蚀岩体。此项工程的主要材料就是片石和水泥。事前我已经了解到，从榆林水库到蘑菇台子一带沿河边、山边有不少片石可以利用，也不用花开采的费用，只需把运输道路稍加整修，雇拖拉机运到榆林窟就行了。拖拉机是一种拖挂式的运输工具，当时榆林窟下山的路坡陡弯急，很容易出事故，我不敢冒这个风险，但汽车的运费很贵，同时也不安全。最后只得用拖拉机把片石拉到东崖第12窟的窟顶上，其南面有一条冲沟，利用冲沟把片石滚下山崖，这条冲沟正对河西岸的施工地段，在河上架一座两米宽的便桥，用架子车把片石转运过河，水泥、沙子等也是这样转运过去的。

给西崖第32—35窟的崖脚做支顶墙工程的是东巴兔的农民，他们觉得每天三元钱太少，他们宁愿一天干十个小时，希望每天挣五元钱，早晨七点钟上工，晚上七点钟收工，中午休息一会儿。他们不愿意长时间住在榆林窟，早一天干完早一天回家。他们一天工作10小时，我们当然也得和他们一起作息。因为这里远离城市、乡村，没有广播，没有鸡鸣狗吠，早晨我得叫他们起床。劳累一天之后，他们第二天早晨起不来也是情理中事。

除了上述工程之外，我们还对东崖第25—28窟山顶上的大冲沟进行了填充、封闭。事前我大致测量了一下，第25窟的顶部与冲沟之间的距离大约4米。雨季冲沟排水之后，冲沟地层所含的水慢慢下渗进入石窟，榆林窟上层洞窟窟顶的壁画之所以普遍剥落损坏，甚至岩体风化坍塌，潮湿当然是主要原因。整个冲沟两三千立方米，推土机几天就完成了冲沟的填方工作。在封闭冲沟的同时，我们又开挖另一条排水沟，使戈壁上的雨水不再经。冲沟排泄。因为经费的关系，东崖第17窟顶上的大冲沟没有封闭，1980年由张伯元、胡开儒两位负责完成。

1973年，郭元亨道长过世，榆林窟一时又处于无人管理的状态。所里派人到榆林窟看管石窟还兼带放一百多只羊，我记得吴兴善、孙洪才、窦占彪等曾轮流到榆林窟放羊兼管石窟，当时甚至把年近花甲的霍熙亮老先生也安排去放羊。霍老先生在放羊的间隙还解决了榆林窟西崖第32窟西壁长期未定名的经变问题，将其定名为《梵网经变》。后来又从东巴兔雇了两位农民暂时看管石窟。

1977年，常书鸿恢复所长职务，他急不可待地委托人预估莫高窟和榆林窟两处石窟加固工程的费用，并上报甘肃省文化局。1978年6月22日，国家文物事业管理局在复函中说：

……关于敦煌莫高窟和安西榆林窟的保护维修问题我们的初步意见是：

一、莫高窟南区130号洞窟以南27个洞窟范围内的加固工程以及原拟进行的第四期收尾工程，可以着手进行组织设计，安排施工力量，同时做出分年度的施工方案和经费概算报我局。

二、安西榆林窟的维修工程。如果设计和施工力量能够落实，请做出分年度的施工方案和经费概算报我局。

此外，复函中还提到“敦煌无论从文物保护工程施工及生活方面，都需要解决一口深水井。建议在本期工程的设计施工中一起解决”。这体现了国家文物局对敦煌工作和生活人员的关心。当时，常所长急切地想继续进行莫高窟四期加固工程，并把榆林窟的保护工作推动起来。

1978年11月21日，国家文物局复函甘肃省文化局，要求我们进行莫高窟第130窟以南诸窟的加固维修工程和三期工程的收尾工作，以及莫高窟第196窟窟檐的修复工程，并指示马上组织有关人员，对上述维修加固工程拿出具体设计方案；同意在莫高窟打一口深水井，并事先搞好地质勘测工作；还说先拨 15 万元进行有关准备工作，国家文物局也在大力推动石窟文物保护工作。

关于榆林窟的加固，后来因为 1979 年夏季敦煌党河水库发生溃坝事故，西千佛洞受到一定影响，榆林窟的维修保护就暂时停下来。20 世纪 80 年代前期，所里对西千佛洞和莫高窟南区第 130 窟以南一段进行加固维修，榆林窟的加固维修工作就推到 90 年代前后了。

1978 年，常书鸿安排胡开儒管理榆林窟。1979 年春，省文化局又调张伯元到榆林窟做管理工作。胡开儒和张伯元两人驻守榆林窟，当时的敦煌文物研究所只有一辆小卡车和一辆吉普车，每隔两三个月才能去榆林窟看看，他们基本处于孤立无援的状态。胡开儒和张伯元的生活全靠他们自己解决。所幸榆林窟附近有一个小水电站，他们可以从那里得到一些帮助。安西县（现瓜州里）若有人去参观榆林窟，也送给他们一些瓜菜。总之，他们在榆林窟工作实在是太清苦，太寂寞。

1980 年，研究所从莫高窟的维修经费中抽出一点钱，把榆林窟大佛殿前已经坍塌的房屋拆除了，改建了一院临时平房，这样他们才有了一个安身之处。

西千佛洞

西千佛洞石窟在敦煌以西 35 公里党河老河床北岸的断崖上，因为在敦煌和莫高窟之西，故称西千佛洞。过去敦煌到南湖乡是沿着党河岸边走，西千佛洞东端的三个石窟在南湖店下面的断崖上。南湖店是敦煌与南湖之间的中转站，是人们过往歇脚的地方。西千佛洞共有 19 个洞窟，其中 16 个洞窟比较集中，西距党河水库约 1.5 公里，石窟的岩体属酒泉系砾石层，但石质极为疏松，因此石窟破坏严重。

1952 年前后，有一个叫沈光静的妇女，是个虔诚的佛教信众，她自愿看守西千佛洞石窟，长期住在第 2 窟西侧的废窟中。她主动清扫洞窟。因为崖体坍塌，当时第 14 窟与第 15 窟之间已经没有通路，但沈光静决心要开凿通道。第 14 窟到第 15 窟大约有 10 米的断崖，七八米之下就是滔滔的党河流水。就这样，她在几年之间每天挥动铁镐，凿岩不止，终于用她薄弱的力量凿开了从第 14 窟到第 15 窟的通道，高约 150 厘米，宽约 50 厘米，勉强能容一人猫腰通过。

1953 年，我们第一次到西千佛洞才了解了这些情况。在她住的小洞里，我们看到几把用秃了的铁镐。那次调查西千佛洞我记得有常所长、李承仙及大部分业务人员，大家都被沈光静老人的行为感动了。我们了解到她孤身一人住在西千佛洞，就问她生活来源是怎么解决的。她告诉我们她有一个儿子叫周志德，很孝顺，每个星期天都从敦煌县城骑车到西千佛洞，给她送来吃的用的东西。常所长当即决定聘沈光静为西千佛洞的保管员，每月给她发 15 元的生活津贴。后来她的眼睛已经失明，但仍然坚持住在那里。沈光静在世的时候，儿子为了给她祈福，在她住的洞子旁

*加固前的西千佛洞（祁铎 1960 年摄影）

边的废洞壁上画了些壁画（我们事前曾告诫他不能在壁画上印稿）

1958 年前后，敦煌县政府决定在西千佛洞洞窟崖顶的戈壁上开渠引水。我们发现水渠距离石窟太近，渠水下渗将严重影响石窟的安全。在水渠的施工过程中，水渠线路上有两座小土塔（土塔是西千佛洞下山路口的标志，土塔可能是西夏或元代的）被破坏了，为此我们向甘肃省文化局反映此事。水渠因故停工了，后来的水渠向西迁移，距离石窟就比较远了。

20 世纪 50 年代，我们在西千佛洞第 2 窟的西面安装了一道门，所有的洞窟就可以管理起来了。门可以上锁，钥匙就交给保

* 西千佛洞第 14 窟（《敦煌石窟内容总录》中此窟为第 17 窟）
加固前情况（李贞伯摄影）

管员。这里的洞窟大多破坏严重，前室和甬道已经坍塌，有些石窟甚至仅存佛龛了，石窟之间的交通仅靠崖边很狭窄的通道，下临七八米高的悬崖，第 15 窟和第 16 窟下面还有湍急的党河水，在石窟之间穿行得小心翼翼，不敢有疏忽。

1962 年，文化部敦煌考察团的领导和一批专家考察西千佛洞，他们猫着腰在不到几十厘米宽的崖边上行走时，我真是捏了一把汗，因为通道实在太狭窄了。1964 年，在莫高窟加固工程期间，我们将拆除下来的栏杆安装到西千佛洞最狭窄的通道边上，稍宽一点的地方用青砖砌成矮花墙，一直通到第 15 窟。自此，人们在西千佛洞参观时有了点安全感，这些措施一直维持到 20 世纪 80 年代。

翟奉刚担任保管员

沈光静去世以后，原来住在西千佛洞的和尚（俗名翟奉刚，大家称他为翟和尚）接替了保管工作，当时他也有 60 岁左右了，每隔一两个月他就赶上毛驴车到莫高窟领取三四十块钱的生活津贴，但往返需要两三天时间，非常辛苦。有时我们去西千佛洞检查保护情况时，顺便把他的津贴给带过去。后来翟和尚年岁大了，只能在那里看洞子，其他什么都干不了。1981 年翟和尚去世。他生病期间研究所还安排了一个人照顾他的生活，病重之后又送他住院治疗直到去世，李云鹤同志料理他的后事并安葬在西千佛洞的戈壁上。

党河水库溃坝

1979 年 7 月 28 日，敦煌党河水库发生溃坝事故，部分敦煌县城被淹，第二天我们进城，看见敦煌县城一片狼藉，特别是县城的西南部分几乎没有完好的房屋，当时我想到西千佛洞在党河河道的北岸，水库溃坝的大水倾泻而下，石窟可能会遭到破坏。当天，国家文物局已经从广播上知道敦煌党河水库发生溃坝的事，他们打电话询问石窟的安全情况，但我们也因为不了解西千佛洞的情况而焦急，当天因为交通问题没有去成。溃坝后的第三天我才去了西千佛洞，我着急地从第 2 窟穿行到第 15 窟（当时石窟还没有加固，还不能通到第16窟)，没有发现什么问题，从上往下望，离石窟不远处的堤坝已经被洪水一扫而光。党河水又在石窟下流淌，冲击着第10窟至第16窟下的岩体。窟前园林中的大树都没有问题，而种的蔬菜被大水涤荡个精光，当时园林中没有任何建筑物，不存在财产损失的问题。园林中满是泥水，我淌过泥水察看石窟下面的岩体，清晰地看见洪水在崖壁上留下的痕迹，最高水位有4米上下，我们知道西千佛洞的岩质非常疏松，经大水的冲击和浸泡之后可能出现问题。经仔细查看，发现第15窟、第16窟及第10窟下面的岩体有裂隙出现，一直以来，党河在石窟下面流淌，石窟下的岩体早已被冲刷成负坡状态，1964年为西千佛洞修建了一百多米的堤坝，防止水流经常冲刷岩体，这次洪水把防护堤冲毁，党河水又继续冲刷石窟下的岩体了，长此以往，西千佛洞的安全将是很大的问题，为此文物研究所很快向上级主管部门写了报告，提出对第15窟、第16窟进行抢修加固，并很快得到批准。完成此项抢修任务就到20世纪80年代初了，到1986年西千佛洞其他石窟的加固也完成了。

莫高窟、榆林窟和西千佛洞在古瓜、沙二州时统称三窟，三处石窟都由一位称为“三窟教主”或“住三窟禅师”②的高僧管理。20世纪50年代，我们主动把莫高窟之外的两处石

②马德:《敦煌莫高窟史研究》，甘肃教育出版社出版，1996年，第212页。

1984 年，孙儒僩在日本

窟管理起来，也完全符合石窟的历史情况，不过在当时的条件下，我们承担这两处石窟保护和管理工作非常吃力。那是出于对祖国珍贵文化遗产的爱戴，一种自发的责任感和使命感促使我们对两处石窟予以关注。至于我们做得如何，是不是有什么大的疏漏，也在所难免，只有留待后来者的纠正和补救了。

目前，榆林窟和西千佛洞的保护和管理工作都配备了适当的人员，有了比较完整的组织机构，两处石窟的保护工作也得到有序的进展。

敦煌艺术与蜀地文化

我国有大量的石窟，但大多集中在华北和西北，南京、杭州及云南等地有少量的石窟，唯四川遍地是石窟。

自佛教从印度传入中国，从新疆到敦煌，从云冈到龙门，一路留下诸多精美绝伦的石窟造像，晚唐以降，北方大规模开窟造

佛龛中的高浮雕佛像

像活动渐渐衰落。唐宋以后，独巴蜀地区石窟开凿与摩崖造像日益繁盛，绵延不止，且独具蜀地特色，书写了我国石窟史上的辉煌篇章。

20世纪80年代后期，我应邀参加四川乐山大佛的保护工作会议。有一天，会议安排我们坐游船观看大佛，船距大佛两侧的岩体较近，岩体上有许多摩崖佛龛，佛龛中是高浮雕的净土变等。佛龛中有大量的楼台殿阁，阑干台榭，在游船行进中我匆忙拍了几张照片。相机不好，只能略窥大概。

四川多山，其多为红色砂岩，硬度不高，比较容易加工。

乐山大佛的建造，是因为岷江大河与大渡河的交汇，洪水发生时，波涛汹涌，船毁人亡，频频发生，因此，一位高僧发愿造此大像祈求大佛庇佑众生，波涛永息，江船平安。

乐山大佛高约七十米，头部面容因风化已非原形，但仔细审视两大腿之间尚有唐代衣纹数条。大佛依崖壁而立，左右有南北天王石刻像，高七八米。天王之侧各有摩崖佛龛。这些摩崖上的造像因临岷江干流，江流湍急，下无立足之地，施工颇不容易。

当时条件有限，拍的照片虽不清晰，但在一般情况下参观是看不见这个摩崖的，由于会议安排，特意让船慢慢行进，故拍下了这几张照片，我觉得非常难得！

佛龛中的楼台殿阁

佛龛中的飞天

佛龛中的楼台殿阁

佛龛中的楼台殿阁

四川为什么有这么多石窟？除了地理环境的因素外，历史上四川较少受战火侵略也是一个原因吧，还有什么原因呢？欢迎大家进一步探讨。

参会人员在大佛脚趾前留影（中间穿风衣者为孙儒僩）

中原文物巡礼记略

我和李其琼先后于20世纪40年代和50年代初到敦煌工作，我从事石窟保护，她从事壁画临摹及美术研究工作，直到1993年退休。退休以后仍从事相关工作。敦煌石窟是一处博大精深的古代文化遗产，我们在这里从事保护和研究工作，做些力所能及的工作，对石窟保护和石窟艺术只能说是一知半解。我们祖国有几千年的文明史，遗留的文化遗产极其丰富。20世纪50年代，我们虽然参观过云冈、龙门、麦积山等著名石窟，但彼时我们太年轻，知识贫乏，了解到的东西实在太少，十分遗憾，从20世纪50年代后期到70年代，又虚度了宝贵的年华。

回想我们的一生，就只有对敦煌的一知半解，特别从事《敦煌石窟全集·建筑画卷》《敦煌石窟全集·石窟建筑卷》两本书的编撰之后，更感觉敦煌艺术的伟大，但它在祖国大西北的一隅，它的根在那里。虽然我们已经垂垂老矣，但仍不甘心就此了却一生。2006年，我和李其琼已81岁了，但我们还是决定做一次中原文物巡礼，很感谢敦煌研究院领导的支持和帮助，特别安排我们的女儿孙毅华和我们同行。2006年6月22日，我们从成都出发，经洛阳、巩义、郑州、开封、安阳、(河北)磁县、石家庄、正定、太原、平遥、介休、五台、繁峙、应县，到大同结束考察行程，经内蒙古、宁夏返回兰州。此次考察重点是石窟、古建筑、古壁画等文物及其保护情况。

6 月 24 日，参观龙门石窟，龙门石窟地处洛阳，北魏孝文帝从大同迁都洛阳，此后唐初以洛阳为东都，武则天长期在此居住，由她下令开凿的奉先寺规模宏大，震撼人心，以卢舍那佛为中心的十一身巨型雕像开凿在西山的半山腰上，经过石台阶才能到造像跟前，远观宏伟，近视细腻，巧思规划达到了很高的艺术成就。

龙门石窟奉先寺

龙门石窟西山

它没有悲悯、冷漠的情调，我站在伊水岸边仰望奉先寺，感觉到一种宽敞、明朗和磅礴的气魄。

在这里我不打算对龙门石窟精湛的石雕刻作进一步的了解，令我感受很深的是，伊阕东西两山之间的伊水经蓄水形成宽阔的湖泊，湖水碧波荡漾，岸边垂柳依依，两山上松柏苍翠，作为我国的宝贵历史文化古迹，经过几十年的经营造就成为如此优美的旅游景点。

我曾多次到过龙门石窟，此次一来，眼看山清水秀的景观，继而一想龙门石窟开凿在石灰岩（我不懂地质，不能确定是石灰岩还是大理岩）上，岩石的节理和层理发育分布普遍，现在满山的松柏，树根深扎在岩石的裂隙中，天长日久，树木生长，根系发育壮大，树根周围岩石的裂隙也随之扩大，可能会渗入更多的雨水。渗进的水也是无时无刻不影响着雕刻艺术的安全，特别在冬天，表面裂隙渗水的冻溶作用可能存在。也许目前我们看不见这些影响，但它缓慢地在起作用。此时我们感受着山清水秀的愉悦，我不否定它的正面作用，但如何预防它长期的负面影响，是我们文物保护工作者应该慎重考虑的问题。也许我的想法有点迂腐，可能是杞人忧天。

下午去芒山参观古墓博物馆，有些东汉时期的空心砖墓，墓顶作梯形断面，与莫高窟第 275 窟北凉窟的窟形相似。洛阳与敦煌相距大概 2000 公里，在文化上竟有如此深刻的影响，不可思议。莫高窟从北朝开始多数石窟作覆斗形，覆斗也来源于墓葬的形式。

6 月 25 日，从洛阳出发到巩义县，参观巩县石窟。石窟开凿在一片不甚高耸的山岩上，共存 5 个石窟，摩崖大佛一处。石窟之间的岩体上有大量的摩崖佛龛及碑刻，沙质岩质地细密，石窟造像精雕细刻，是北魏景明年间魏孝文帝改制以后的产物，人物造型娟秀优美，特别是第 1 窟中的帝后礼佛图是浮雕群像，虽然不及龙门石窟宾阳洞中的规模，但宾阳洞中的帝后礼佛图已遭破坏。此处的礼佛图是硕果仅存了。石窟是细砂岩质，礼佛图面积不大，帝后高约 50 厘米，人物的衣冠服饰简洁流畅。此处石窟的中心柱及各壁的佛龛多有雕饰华丽的帷帐，联想到甘肃天水麦积山石窟上七佛阁佛龛外沿均塑作帷帐，宁夏固原须弥山石窟中心柱的佛龛外沿亦装饰帷幔，影响是显而易见的。帷帐是我国很早就有的一种大型家具，但只有帝王及王公贵胄才能享用，为了表示对佛的尊崇，佛教早期石窟中在佛龛外沿施用帷帐较为普遍。

下午 3 时抵达郑州。

6 月 26 日，我们参观河南省博物馆。博物馆是近年新建的，造型新颖，藏品丰富，特别是大量的东汉冥器，规模巨大，可借以了解汉代建筑形象。

6 月 27 日，我们从郑州去开封，开封是北宋的首都汴京，根据文献记载，宋时的汴京和唐代的长安、东都洛阳的规划布局有很大不同，封闭的里坊转变为开放的街道。商业发达、市场繁荣，宋人《东京梦华录》中有记载。张择端在《清明上河图》中形象记录了昔日汴京城市繁荣、商业发达的盛况，历史沧桑。我们去是为了参观两座宋代的塔和一处道教建筑——玉皇阁。

开封东北角有铁塔——开宝塔，塔高 55.88 米，塔身玲珑瘦高，秀丽的表面用深褐色琉璃面砖贴面，因其褐色似铁锈，因此称为铁塔。塔身为仿木构形式，因此，所有椽檩斗栱等琉璃构件都是预制的。整个塔身需要成千上万的预制构件，形状不同、大小不一，从设计、制作、烧制到贴面安装，其难度是相当大的。

过去因为黄河决堤，塔的基座已埋入淤泥，长期被水淹，塔身屹立如初。想当初建塔时，基础的设计是颇为牢固的。开封东北另一座宋塔称为繁塔，塔身三层，但体积庞大、形式独特，塔的表面全部用琉璃面砖贴面，砖面有模印各种不同形象的佛像。“繁”字读作波，塔周围居民多繁（波）姓因以为名。玉皇阁是元代建筑，体形不大，但造型特殊而复杂。建筑的外表梁、柱、斗栱、瓦当、滴水全部由多色琉璃预制构件镶嵌而成，真有点巧夺天工之感。

6 月 28 日，晨离郑州，途经安阳的殷墟。殷墟是我们近代考古的巨大成就。因时间关系，只能走马观花！陈列室均建在地面以下，保持地表的平原地貌。唯一的建筑是根据殷墟宫殿遗址的复原设计，是建筑考古的一种尝试和探索。

今日目的地是安阳修定寺塔。寺塔在清凉山间的台地上，远观是一座方形攒尖顶单层塔，当走近塔身，才令人惊讶和欣喜。寺塔建于盛唐后期，塔身四面用各种形状的浮雕花砖拼镶贴面而成，极其豪华精致。据管理人员介绍，塔身四面共有三千多块不同形式的浮雕面砖，有矩形、方形、三角形及菱形等，不同形式的面砖上有七十多种浮雕纹样。

更值得注意的是，这三千多块面砖镶嵌成一座帐形的方塔，塔的四角有柱，柱也是用有花纹的面砖镶嵌而成，塔的四面檐部以下的帷幔，高约两米，极其华丽。帷幔每隔约一米又有繁复的璎珞下垂至塔底，塔的帷幔以下用绳纹面砖把塔身分隔成若干菱形的格，格中镶嵌着各种优美的人

开封延庆观

安阳修定寺塔

修定寺花砖局部

物和器物雕塑，种类繁多，大致有天王、力士、飞天、狮、象、舞蹈胡人、法器等，不及细看。塔的正面开圆卷塔门，仅门的平枋及立枋用石料制作，用以加强门洞的坚固性，门的两侧有等身的金刚力士浮雕塑像。

塔的整个造型并不特殊，但从设计、浮雕模型的制作，到窑工制作与烧制面砖各个环节都不能发生误差，最后才能镶嵌成如此完美的墙面，这是有唐一代建筑、美术工艺完美结合的成果。让人惊叹的是，在不大的菱形砖上塑造的各种造型都非常精美，应该是当时技艺

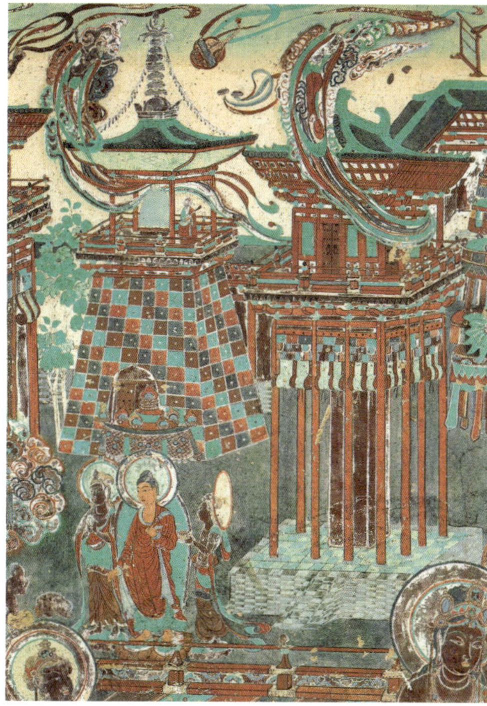

莫高窟第217窟壁画中的城楼(孙儒僩、孙毅华:《敦煌石窟全集·建筑画卷》,香港:商务印书馆,2001年,第122页)

高超的匠师精心制作的产物。如此精美绝伦的预制浮雕饰面建筑,当时绝不是孤例,前述开封的两宋塔及元代的玉皇阁,以及南京明初所建的大报恩寺琉璃宝塔,全是预制琉璃构件贴面,是明成祖为报母恩,举国家之力建造的,据说是一大奇迹,塔身雄伟、流光溢彩,惜毁于战乱中,这种预制镶嵌建筑材料的艺术和技术的成就源远流长。

我国现存有成百上千的古塔，但是用帐形作为佛塔的造型是孤例。前面说过，帐是我国古代帝王、贵胄享用的大型家具，当佛教传入我国之后，帐也成为安置佛和菩萨尊像的设施。修定寺塔如果从形式上说可称为帐形塔。

修定寺前并没有清幽的山林，但它远离喧嚣的市廛，禅僧可以在这里禅修入定，禅修之余可以右旋拜塔，瞻仰塔上的优美纹饰，如天王、力士、天衣飘扬的飞天及常转的法轮，使禅僧的思绪进入更高的境界。也许就是建寺修塔的目的吧！

此行察看此塔是为莫高窟的建筑画寻找根源，总算如愿以偿。此塔是现存古建筑的孤例，但在莫高窟有唐一代壁画中表现的建筑，有多种形式表现饰面的建筑，绝不是偶然现象，例如第 431 窟北壁画有四座台式建筑，台面用多色正方形面砖饰面。第 217 窟北壁经变画中的经台及钟台，台的表面用深红、大红、蓝色及绿色面砖镶嵌贴面，中心有一圆点，可能表示为钉帽。不同颜色的面砖可能表示多色的琉璃，我记得某古籍上有隋炀帝的诗“钟发琉璃台”一句，以上提到的钟台、经台与诗句完全相符，但仅仅是方形没有花纹的多色琉璃面砖。到中晚唐时期壁画中的城门、角楼上出现用有花纹的方形及菱形的砖装饰的现象，如第 231 窟东壁壁画中有方形花砖装饰的城台，第 159 窟、第 9 窟壁画中有菱形花砖装饰的角楼及城门。古代城门及

▶莫高窟第159窟壁画中的经台（孙儒僩、孙毅华：《敦煌石窟全集·建筑画卷》，香港：商务印书馆，2001年，第219页）

角楼是城的重点设施，但都是用夯土筑成，据考古发现，唐代长安城是用砖包砌城门的，用以加强城门的安全。

当天天色阴沉，时间仓促，没有拍好照片，遗憾。当晚驱车赶到河北峰峰矿区，南北响堂山在此境内。

北响堂山山势雄奇，满山苍翠，石窟在山之巅，有石阶盘旋而上，但过于陡峭，我和其琼自感力不从心，只能望窟兴叹！下午返回南石窟寺，较为仔细地看了第5窟、第6窟、第7窟等，石窟很好。南北山石窟建于北齐，也是这一短暂王朝留下的珍贵文化遗产，此地虽离云冈及龙门石窟不远，但石窟形制及造像有它

南响堂第5、6、7窟外观

火焰宝珠纹饰

独有的艺术风格，例如第 5、6、7 三窟，虽然编为三号，但实际是一个窟，因为三窟同在一个石雕的窟檐之下。窟檐三间四柱，柱作八边形，中部有莲花束腰（时隔约五百年之后莫高窟曹氏政权所建的第 427 窟、第 430 窟檐的柱上彩画束莲，真是异曲同工），两次间阑额上各有一斗三升的斗栱一组，窟檐之上有较为扁平的覆钵，装饰许多宝珠，三窟及其窟檐是整体规划设计而成的，比例适度，装饰华丽。

石窟之上覆钵覆盖表示塔的意思，此处其他石窟中多有覆钵塔形佛龛。有的覆钵上不做相轮，而树以硕大的三宝珠，三宝珠表示佛、法、僧三宝，其造型非常华丽。此处石窟随处可见雕凿的宝珠，三宝珠及忍冬花饰，从花饰设计、雕凿技法都反映出文化的深厚底蕴，下午 4 时转赴邯郸，再转乘长途汽车赴石家庄。

6 月 30 日，我们去正定，正定古称镇州，是河北通往山西、河南的交通枢纽，现存有较完整的城墙，城内有仿古一条街，这是为旅游开发的景点。我们首先参观广惠寺花砖。梁思成先生据外表仿木结构的形式大致定为金代所建。塔为砖造，造型奇特，中心为一大塔，四隅各建小塔（也可称为金刚宝座塔），各塔的轮廓线十分曲折，中心大塔的塔刹部分不作相轮，而作粗壮的锥形，表面塑层层小屋殿堂，与敦煌莫高窟成城湾花塔极为相似。莲瓣上有殿屋表示华严世界繁荣广博。所以此塔应称为华严塔，此塔在 20 世纪三四十年代的照片五塔俱全，后来四小塔崩毁，近年已修建复原。

正定开元寺所存的钟楼的国保建筑，经近年维修，但涂装的红土颜料过于深沉，让人感觉沉重，内部梁枋的颜料青绿色调又太耀眼，古建筑维修保护真不是一件容易的事，天宇寺凌霄塔八边形平面，下四层是楼阁式，上几层是密檐式塔，造型奇特，但不协调。

正定花塔

隆兴寺是我多年向往的大寺院，寺院大概建于北宋，规模十分庞大，共五进院落，第三院的摩尼殿作十字形平面，四面中部出抱厦，殿身重檐歇山顶。所有屋脊用绿色琉璃即所谓减边琉璃，莫高窟隋唐壁画中殿屋的屋脊画作绿色的比比皆是，大殿正面抱厦山面向前，建筑立面显得较为活泼。殿内开阔宏伟，但比较阴暗，近年三身大佛全部贴金，在阴暗的环境中金光闪耀，特别突出，在古旧建筑环境中不太协调。摩尼殿的十字平面，四面抱厦的建筑形式与榆林窟第 3 窟壁画中的殿堂十分相似。榆林窟第 3 窟若确为西夏时期的石窟，则和摩尼殿的时代相近。摩尼殿后大院落中，正中有佛香阁，两侧有转轮藏殿、慈寺阁，最后还有弥陀殿，真是殿阁楼台，次第起伏，十分壮观。佛香阁前甬路的

隆兴寺摩尼殿

两侧各有碑亭，莫高窟第 217 窟北壁观无量寿经变中佛殿前的两侧也各有碑阁，在这里如有可能把视线提高，作鸟瞰俯视所见的情景是殿阁楼罗列。所不同的是缺少碧波荡漾的七宝水池。寺院的布局说明莫高窟建筑画确是现实事物的反映。见此景象，十分欣喜。

在返回石家庄的途中，参观了昆卢寺，其中第二殿中全是明代的水陆画，绘制精良，保存也较好。

7 月 1 日，下午 3 时半到太原。

7 月 2 日上午，我们去天龙山，路过晋祠后盘旋上山，到达山顶经山路沿西峰下山参看石窟，石窟较残破，特别是人为破坏让人愤慨。石窟外部有石刻的窟檐外廊，三开间四柱，柱作八边形，柱顶置一斗三升的斗栱，人字栱的补间。栱的上部有横向阑额，此种建筑结构在莫高窟隋代第 419 窟壁画中多有表现。天龙山石窟于北齐兴建，在敦煌隋代壁画中也有阑额置于斗栱之上，但阑额直接与柱头相连接，形成较稳定柱间连接的结构方式，是建筑结构方式的重大改革。隋代是建筑结构发展的过渡时期。

此处一大佛是上下层布局，上层大佛比较完整，下层是三大士，头部均失盗，现存是经近代修复的。窟的大像外部的高阁是近年新修的，用于保护大像免遭风雨侵蚀。外观高阁的造型色调尚比较协调。天龙山石窟岩质是砂岩，节理、层理均很发育，岸边裂隙继续风化，如有地震，石窟文物保护堪虑。

天龙山石窟窟檐

下午参观晋祠。晋祠是一处庞杂的大建筑群，现在主体的建筑是金代的圣母殿。其轴线上的戏楼、献殿、水池、圣母殿建于北宋年间，七间大殿，殿内是减柱布局，空间开阔，正中有圣母塑像，后壁及左右壁下，有四十尊圣母的侍女等身塑像，身姿苗条，面目姣好。圣母殿外檐柱有飞龙缠绕，形式又各不相同，池上有十字桥梁名“鱼沼飞梁”。所谓“鱼沼飞梁”实际上是水池上架十字相交的桥梁，桥梁下石柱斗栱支撑。与莫高窟唐代经变画净土的宝池有点相似，但规模甚小，圣母殿周遭古柏参天，有的虽已倾斜，但依然苍劲挺拔。20 世纪 60 年代初，我曾游过一次晋祠，当时园内的“难

太原徐显秀墓壁画仪仗人物

老泉”池水贯通全祠，泉水清澈见底。近些年来，由于晋祠周边工农业的发展，打井取水，破坏了地下水源，祠内泉流已不复当年，悔之晚矣！

7月3日，上午参观山西省博物馆。馆舍设计新颖，藏品丰富精彩。在这里看见著名的北齐娄睿墓壁画的照片，人物形象、线描都非常精彩。下午5时，我们去参观北齐徐显秀墓，砖砌方形墓室。墓室的四壁均有壁画，保存完好，对墓门正壁，徐显秀夫妇坐于高大帐中作宴饮状，左右有持果盘者及正在演奏琵琶、箜篌等乐器的乐工。两壁有众多仆从、乐队及健硕的牛马、羽保、伞盖等仪仗一应俱全。人物大于真人，前呼后拥，蔚为壮观。太原徐显秀墓壁画仪仗人物是研究北齐衣冠、服饰、礼仪及显贵人物豪奢生活情状的重要资料。墓室壁画保存完好，人物面目丰腴，红唇白面，有正面、半侧面、侧面等多样画法。面相用浓墨描画，仅在眼侧及嘴角之侧用淡红晕染。

墓主徐显秀曾随北魏、东魏，后随北齐，官位显赫。从壁画人物装饰来看似为北方某个民族中的上层人士。

墓室在地下八九米，墓道上有临时的搭设保护，但从长期来看，急需采取措施才能保证墓室壁画的安全。（近来听说壁画已进行了保护处理。）

7 月 4 日，参观后土祠，所谓后土是掌管大地的最高神灵，是一位女性的神，这是一处多进院落的祠庙建筑群，楼台殿阁、飞檐画栋，建筑规模不大，但组织极其巧妙，错落有致。戏楼、大殿造型华丽，小巧玲珑昭示厚土女性的灵巧。祠内原有大量彩塑，成于明代。由于殿屋潮湿阴冷，塑像的下部已经严重酥碱（后来经修复），殿屋大量使用琉璃，建筑的外观十分华丽。山西的古建筑占全国古建筑的 70%，保护工作的担子相当沉重，从介休去平遥，此地是有名的旅游地，街道衙署、牢狱、票号等建筑都保存完好，旅游旺季游人如织，我们只作短暂逗留，转去双林寺看明初塑像及镇国寺五代塑像。镇国寺建于北汉天会七年（963 年），也是我国著名的木结构古建筑。山西的古建筑多用琉璃且多用在屋脊上，莫高窟壁画中唐时期的建筑画屋脊画作绿色，屋面是青色（表示普通的灰瓦），绿色的脊表示琉璃瓦饰，建筑术语称为剪边琉璃。

双林寺虽然是明初的建筑，大殿屋顶全用琉璃瓦件，屋面用橙、绿两色瓦铺装成菱形图案，非常华丽。莫高窟中唐第 158 窟的金光明经变中，建筑画的殿堂屋面用三种不同色彩的瓦，铺设成斜行行列，这一现象说明，剪边琉璃和多色琉璃在唐代是存在的，使用也较为普遍，不是画师们的虚构而是现实的反映，当不是偶然的现象。

7 月 5 日，离开太原去南禅寺。南禅寺是 8 世纪唐代建中三年（782 年）的木构建筑，是我国现存非常古老的木构建筑实例，实在是特别珍贵。南禅寺大殿是三间小殿，殿内当心间的左右两缝使用通长大梁，连接殿的前后檐柱，殿内没有柱，殿虽不大但显得开朗。殿的中部设大佛床，形如倒凹字，佛床上有十三身塑像，一佛、二弟子、文殊、普贤、二昆仑奴、二供养菩萨、二天王、二协侍，人数众多，但排列疏朗，（七年前一昆仑奴、二菩萨被盗，至今没有破案，深感惋惜。）三间小殿非常精致，殿中的佛床与莫高窟第 61、55、196 窟的极其相似，可能是当时社会上典型的佛殿建筑布局形式，殿的三间外貌出檐深远，整个殿屋的轮廓与莫高窟第 445 窟南壁净土变上部所画三间小殿的外貌极其相似。

下午去佛光寺，寺在五台的南边，周边是丘陵，环境较好，园中树木葱茏，从月台上远望，寺外四山环抱，山峦重叠，视野开阔。院中花木扶疏，但不便于拍摄建筑全貌。进入园中，左侧是金天会十五年所建的文殊殿，五台山是传说中文殊菩萨的道场。殿七开间，约 600 平方米，除一周檐柱

南禅寺大殿

外，殿的内部只有六根柱子，结构大胆而巧妙，庭院正中有一座高耸的经幢，造型不错。沿寺院轴线登上高耸的台上，台上两株古柏苍翠挺拔，大殿建于唐宣宗大宗十一年（857 年）大佛殿面阔 7 间，进深 4 间。单檐庑殿顶，正面中五间设板门，稍间设直棂窗，朴素庄严。因为在高台上，殿基扁平而低，殿内设矩形的佛床，上有 20 余身造像，可惜为寺僧重装失去原貌。佛光寺在唐代是五台十寺之一，莫高窟五代第 61 窟的五台山图中画大佛光寺，此大型壁画所画五台众多的大型寺院，有可能是示意性的，但佛光寺中正好画出一座高阁，佛光寺在唐武宗下令灭佛的浩劫中被毁，原寺的主体建筑正是一座弥勒阁。据说，梁思成、林徽因二位先哲就是按五台山图推测五台山应有唐代寺院的遗存，历尽艰辛踏查发现的，真是来之不易。

佛光寺虽是五台大寺，但因为寺院距五台的中心地带比较偏远，因此保存了唐代原建，也是偶然的幸运。

7 月 6 日去岩山寺。岩山寺建于金代，壁画塑像俱佳，寺中主要是文殊殿。殿内壁画上穿插大量的楼、台、殿、阁，树木葱茏。建筑画的界画方法、建筑形象与榆林窟第 3 窟十分相似，这也是此次远道造访这一小寺的目的。安西榆林窟与繁峙岩山寺相距两三千公里，界画建筑居然如此相似，中华文化传播的影响如此迅速而有力，令人惊叹！傅熙年先生对岩山寺的建筑画已做了详细的研究。殿中光线阴暗，拍照极为困难。

小殿仅是三开间歇山式屋顶，也作青色剪边琉璃，不知是原建还是近年修缮后的形式，山西普遍喜作此种处理。

午后抵达应县参观佛宫寺释迦大塔，佛寺仅存大塔，寺院本身就是以塔为主体的寺院，大塔高约 67 米，建于辽代清宁二年（1056 年），一条大街的对景正是大塔，远处相望大塔巍峨雄壮，敦实厚重，和山西各地所见的民居有相似的风格。高 67 余米的大木塔，外观五层，其内有四层，实际是九层八边形塔，除第一层有内外两重厚重的砖墙外，以上各层的内部全是木结构，用了几十种不同结构的斗栱，但设计制作严谨，在近一千年的时间里，历经多次地震而不毁，实在是一个建筑上的奇迹。我曾经在莫高窟测绘过慈氏塔，此塔也是八边形，所有转角处的斗栱，各种木枋、阑额等构件的夹角都是135度。当时的木工大师在设计制作各种木构件时都要按精准的角度制作，否则在安装时就成问题了，就是现代的工程技术人员重建此塔也不是容易的事。

此塔是全木结构，第一层以上各明层还有几身大的泥塑像，也是十分沉重的，下几层有的木料已出现不堪重负被压缩变形的情况，听说已有维修木塔的计划，这是一个浩繁、

应县释迦塔

复杂的工程，得慎之又慎。因为千年木塔，一旦拆卸，构件失去压力，又将产生不同程度的变形，到复原安装时可能相当困难，也许是我多虑了。

北魏洛阳皇室曾建造永宁寺木塔，据说有九层高，虽是夸大的说法，但据永宁寺的考古发掘，该塔的确规模巨大，塔成后仅几年就毁于雷火。历史上，我国各地木塔不少，大多数没能保存下来。中国人对木结构情有独钟，砖塔的外部也用砖仿木结构，形成一种塔的风格。

释迦塔的明五层实际是供奉佛像的殿堂，与印度塔的本意相距甚远，日本的佛塔塔心大都有刹心柱，从底部直达塔的顶部，是为刹心柱，是所谓“支提”的含义。

晚抵山西大同。

7月7日上午，我们去悬空寺，寺在恒山附近的山崖上，在陡峭的绝壁上营造如此惊险的景观，达到了奇、绝、险的效果，楼、台、殿、阁体量都比较瘦小，相应的建筑构件也是比较细小的。现在作为一处奇特的旅游景点，游人也比较多。众多人在殿阁、栏杆、梯道之间攀爬，是否安全，似应多加考虑。

下午参观明代的九龙壁，以及辽金建筑上下华严寺、善化寺，大同是辽金时期的战略重地，所以有如此规模的大型寺院。下华严寺以“薄伽教藏”大殿为中心，所谓“教藏”即是储藏佛教经典的大殿。大殿建于辽重熙七年（1038年），大殿面宽五开间，殿内有辽代塑像，甚好，只可惜被烟熏火燎，色彩暗淡。大殿的左右教藏的双层橱柜，殿后双侧亦是橱柜，中部有天宫楼阁并有弧形飞桥相连，虽是小木作，但形式精巧、制作精良。梁思成先生曾说其在国内也是一处孤例。

上华严寺修建年代与下华严寺同，为契丹皇亲所建，规模宏大，大殿面宽九间，进深五间，据介绍面积有一千五百多平方米。殿内塑像众多，当地为保护需要，我们仅在殿门内瞻仰诸佛尊容。寺内殿阁楼台甚多，但多被战火所毁，明清时重建，不及细看。大同一市之内保存如此众多的古建筑，实属不易。

7 月 8 日上午到云冈石窟，这里支提窟较多，有些塔形雕琢得非常精细，《洛阳伽蓝记》中雄伟的永宁寺塔，可以从石窟中众多的塔形推想到它的影子。

云冈石窟最早的昙曜五窟，其中露天大佛最为壮丽，当初可能也在窟内，不知何时，窟的前部倒塌，大佛成露天造像，但保存完好，风化并不严重，反观另外四个大窟，窟内造像风化十分严重，此中缘由值得思考，与山体相连的石质文物，通风干燥是避免风化的主要因素。这是我的粗浅认识。昙曜五窟除露天大佛外，其余四窟在窟门之上设明窗，莫高窟第 254 窟、第 251 窟也设明窗，应是受云冈窟形的影响。

此次从成都出发，到大同结束，历时 18 天，参访三十多个文物点，见识文化的精华，但限于我们知识有限、时间仓促，对众多内容丰富的文物，虽是浮光掠影，但毕竟亲临现场，获得了较为深切的感受，实现了长期的愿望。此行得到单位的支持和沿途各文物单位的关照，在此表示深切的谢意。

18 天的中原文物参访，我和老伴李其琼同行，并有女儿孙毅华相伴照顾。时光流逝，十余年过去了，老伴已于五年前走完了她的人生道路。此篇参访纪略，权作我对老伴、女儿对妈妈的纪念吧！

敦煌守护人
孙儒僩回忆录

大漠赤子

我们都是莫高人

不能忘却的他们

窦占彪和吴兴善是莫高窟的两位工人，20 世纪在莫高窟工作的人对他们十分熟悉，对他们从事的工作深感敬佩！他们相继于三十年前和十几年前去世，至今我还深深地怀念着他们，对他们在莫高窟所做的工作难以忘怀。他们两位从事的工作截然不同，以下我分别做点回忆。

大巧若拙的窦占彪

窦师傅是敦煌县东郊窦家墩人，因为家贫，从小没有念过书。后来为了求生，青年时候就在敦煌县当过短时期的警员。1941 年，张大千来莫高窟考察和临摹壁画，县上派窦占彪及另一位警员来为张大千做警卫。窦占彪虽不识字，但人很机灵勤快，说是做警卫，实际是为画家们打杂。搭架子、安梯子、抬画板，什么杂务活都干。他的话不多，做事勤快，所以深受张大千一行的赞赏。

1943 年，常书鸿先生来莫高窟筹建敦煌艺术研究所，张大千同时也结束了这里的工作，临别前把窦师傅介绍给常书鸿先生，从此窦师傅与莫高窟结下了不解之缘，终其一生都在莫高窟从事石窟保护的工作。

1947 年，我初来莫高窟，常先生安排我进行石窟测绘，第一个任务是测绘几座唐宋窟檐，当时还没有现在的加固工程，第 427、431、437 等窟的窟檐十分残破。窟檐的栈道梁已残断，测量前常先生安排窦师傅为我搭设架板和梯子，架板看起来就是一个破门板，一个短梯子，下面是悬崖，我心里惴惴不安，害怕不牢固，但还是鼓起勇气上去试了一下，没想到比想象中要稳定得多。这是我和窦师傅的第一次合作。因为是第一次接触我们没有交谈。

1949 年秋，研究所职工们生活无着落，本地的职工纷纷离职自谋生路，窦师傅也离开过几个月。当时常所长不同意他离开，但窦师傅为了生计不辞而别。到 1950 年，我们一伙人在敦煌南关外与窦师傅不期而遇，我们劝他回来，他就很痛快地同意了。我们问他这几个月干什么去了。他说：“哎，说不成了，去年秋天在南山为人家挖金子，差点没死在那里。”他这一次回到莫高窟就是一生了。

我俩接触多起来是在 1952 年保护组成立之后，成为工作中的长期合作伙伴。1952 年，窦师傅和我参加了刘家峡炳灵寺的考察。我和窦师傅住在炳灵寺当时的下寺，睡在一个炕上，晚上油灯昏黄，我们躺着聊天，看到窦师傅有时在昏黄的油灯下翻看一个小本子，我问他在看什么，他说在学拼音，要是学会了拼音，就会认字了，他以坚韧不拔的精神学会了拼音，但可惜的是他只学会了拼音，而拼音只是学习汉字的拐棍，他始终没有丢掉拐

* 窦占彪师傅在莫高窟第 427 窟修固佛像

棍，没有利用拼音继续学习汉字，所以他认识的汉字不多。

后来，我记得窦师傅随所里的人去了北京，家里收到他写的一封家书，家人打开一看全是拼音而且拼得不够规范。他的子女们拼不出来就来找我，我也不会汉语拼音，后来我通过查字典等方法勉强拼出了信的内容，原来是一封报平安的家信。信中说他到了北京，住在中国美术馆，人很多，睡的是地铺，下面铺的是稻草等。在以后的接触中他说后悔学了拼音没有继续学汉字。有时我看见他在本子上也是用拼音记东西，用这种方法记事只有他自己懂，不方便与别人交流，可能他的好多工作经验就因此而被埋没了，非常可惜。但他的这种劲头让我深受感动。

从 20 世纪 50 年代开始，我和窦师傅一直搭档从事石窟保护工作，事情太多无法一一详述。20 世纪 50 年代，我们对大面积空鼓的壁画进行边沿加固，限于当时的条件，仅用草泥封闭破裂壁画的边沿，虽说粗糙一点，但效果不错，让空鼓的部分不至于掉落下来，为以后进行壁画修复创造了条件。20 世纪 50 年代他还参加了炳灵寺考察，以及麦积山、天梯山的剥取壁画、迁移塑像等一系列大大小小的工程。在这些工作中，他想出了不少好点子。20 世纪 60 年代修缮莫高窟大泉东崖的塔群时，他在最南端一座僧塔上部的一个空洞中发现一本西夏文的《金刚经》。1965 年，他带领几个普工独立搭成第 130 窟从底到顶的脚手架，并在南壁一缝隙中发现一卷唐代丝绸彩幡，这都是非常重要的发现。

我没有到莫高窟之前，窦师傅在修缮莫高窟中寺后的一座土地庙时发现四十多件写经，当时在场的有向达、苏莹辉等人。这一发现成为继王圆箓发现大量藏经洞文物之后的又一重要发现。如果说是偶然，还不如说是他细心工作的结果。

第 427 窟是隋代的大型石窟，前室南侧的金刚力士和主室西侧的胁侍菩萨因年代久远，三米多高的塑像有前侧倾倒的迹象，金刚力士后背离后壁约10厘米，而两尊菩萨离墙三四厘米。20世纪50年代，我和窦师傅在塑像前支撑了两根木棍以防突然倾倒，这种临时措施实在有碍观瞻，但当时的确没有其他办法可想。1964年，祁英涛来莫高窟考察，我曾请教他这几尊塑像如何扶正。他回答我："文物的种类繁多，病害也千奇百怪，谁都没有现成办法处理各不相同的文物病害，只有大胆设想、小心谨慎地从事，一切通过试验来解决。"后来，我和窦师傅多次商量，终于有了办法，由窦师傅圆满完成了三身大型塑像的扶正工作。金刚力士每身重达一吨有余，要把它放成45°，准备工作完成之后又安全扶正。在那个没有现代化设备的情况下，这可真不是简单的事情。

第45窟的一组塑像基本完整，造型也很精美，佛龛中的阿弥陀佛呈结跏趺坐，但下垂的袈裟断裂成了几片，在20世纪40年代被放在佛龛上，没人知道该如何处理。到20世纪50年代初，我只是告诉窦师傅想办法去修复，窦师傅就不声不响地去干了，几天后断裂掉的袈裟碎片竟被修补上去了，而且是天衣无缝，真令人佩服。至今六十多年过去了，修补好的袈裟依然完好，如果我不提此事，也许今后谁也不会了解这件事了。

在炳灵寺考察期间，为了方便专家登上高层洞窟考察，我们决定制作高梯，从当地买木料，这些木料是直接砍下来的树木。刚砍下的木料还是湿的，所以十分沉重，而且高度也不够。我和窦师傅就与木匠商量着拼接到合适的高度，木梯制作好了，但奇重无比。专家们就凭借着这样的高梯进行考察，窦师傅还利用这架高梯拓下一张摩崖题记，我记得大概是北魏延昌年间的。继炳

* 1955 年，修莫高窟第 256 窟上面的防沙墙

灵寺考察之后，我们又考察了天水麦积山石窟。当时天气已经转凉，东崖大部分洞窟可以上去，少数洞窟要架设梯子。我们还是仿照在炳灵寺考察时的方法制作了笨重但实用的高梯。一次，常所长去勘查一个洞窟，由于新砍伐的松木制作的高梯太重移动十分困难，窦师傅与其他两位工人一起搬梯子，因为配合得不太好，梯子轰然倒下。在大家的惊呼声中，梯子从窦师傅的腿前倒下，躲避不及的他左腿膝盖遭受重重一击，虽未断裂但

伤势不轻。在那个缺医少药的年代就只能托人在附近小镇上买了一瓶松节油涂抹一下，之后窦师傅又带着伤痛坚持协助专家们的考察工作。但是这次受伤后没有及时治疗，伤痛伴随了窦师傅的一生。

后来，所里在上中寺之间的路上竖立了一座照壁式的大牌坊，高七八米，宽四五米，计划在上面要画巨幅油画，窦师傅带领我们要在两三天之内完成修建任务。第一天用土坯连夜赶工，窦师傅负责砌墙，我负责和泥，其他人有的搬运土坯，有的拉泥土，不敢稍有懈怠。到了大约十一点钟吧，窦师傅把瓦刀一放，大声说："收工！"当时我们已经累得腰酸背痛了。窦师傅说收工，我们像获得大赦一般，放下工具。不知是哪个监工跑过来质问："谁让停工的？为什么不干了？"窦师傅理也不理，从脚手架上下来径自朝上寺的家走去。第二天我悄悄问他："昨晚你怎么敢说不干就不干了？"他说："黑灯瞎火的半夜了，从架子上掉下来咋办？"

窦师傅是一个性情耿直的人，从不吹嘘拍马，也不畏权势，从张大千在莫高窟时就在做石窟保护工作。窦师傅对石窟保护工作认真负责、尽心尽力。虽然他没什么文化，年轻时既没有学过泥瓦工也没有学过架子工，但在多年的文物工作中，凭着他的聪明和勤奋，成了一个能工巧匠。窦师傅为文物保护工作作出了很大的贡献。他终其一生默默无闻地从事着石窟保护工作，直到20世纪80年代去世。作为窦师傅的工作搭档，我对他始终心怀着敬佩，经常思念着远去的窦师傅。

吴兴善师傅在西千佛洞

为莫高窟营造绿色的吴兴善

吴师傅的生平我不太清楚，只知道他是武威人，年轻时就出家当了道人，我和他的相识要追溯到1949年的夏天了。当时的艺术研究所经费短缺，人员如星散，最后只剩下不到20人了。因为生活困难，人们心情不好，常书鸿所长安排几个业务人员去月牙泉散散心。到了月牙泉，有一位年轻的道长，身材高大，红光满面，五缕青髯飘拂在胸前，颇有仙风道骨的仪态。道长对我们拱手相迎，把我们让进了道观，又忙着为我们敬茶。茶是温凉的，我们在戈壁上长途跋涉之后，干渴难耐，一碗凉茶好似甘露一样沁人心脾。我们请教道长贵姓，他说："免贵姓吴。"他还说经常去莫高窟住在三清宫（下寺）。那时莫高窟人烟稀少，三清宫里搭了个天棚，里面阴森森的，我们很少进去，所以也没有相遇、相识的机会。

20世纪50年代初，庙产分给了缺少土地的农民，寺庙道观也成了公产。吴道长就只好住到了莫高窟三清宫，从此也就留在了莫高窟。后来研究所就让他管理莫高窟的园林，从此以后吴道长变成了吴师傅，长年累月铁锨从不离身。20世纪50年代，莫

孙儒僩、李其琼与女儿孙毅华在维修后的中寺

高窟开始大力植树，扩大绿化面积。每年吴师傅在植树之前就准备好树苗，待大家把树苗种上之后，剩下的工作就是吴师傅的了。他要操心及时浇水，又要操心防止跑水淹到洞窟里。我们现在看到的大泉东岸公路两侧郁郁葱葱的树木就是在吴师傅的建议下栽种的。1955、1956 年春季，我们全所职工都参加了植树，我清楚地记得公路两旁许多毛白杨是吴师傅亲手种植的。几年之后，在吴师傅的精心管护下，原来的荒滩地终于改变了面貌，成了绿树成荫、遮天蔽日的林地。大牌坊两侧的毛白杨也是吴师傅亲手栽种的。

从莫高窟上游流下来的大泉河水如涓涓细流，是难以满足窟区和东岸林木灌溉需要的，所以每到夏天，吴师傅彻夜引水浇树，合理利用水源，保证莫高窟各处的林地都能被浇到。他经常是铁锨不离身，困了就躺在林间的草地上休息一下。他总是说："夜里水大一些，不仔细照看着浇树，要是跑水进了洞子或淹了房子，那就了不得了啊！"吴师傅就是这样年复一年地养护着莫高窟的林木。

到了 20 世纪 80 年代，吴师傅年岁渐长，身体不太好了，所里安排他到西千佛洞做保管员。1985 年，西千佛洞进行第二期加固工程，他对我说："我经常到工地转悠，看着他们，不让他们偷工减料。"我说："那就太好了，你看着让他们不要一次把砂浆和得太多太稀，砌石料时砂浆要填饱满，不能留有空洞。"于是他非常认真地做着工程监工。

* 20 世纪 80 年代的莫高窟外景（宋利良摄影）

有次吴师傅女儿给我说："孙老师，我爸爸岁数大了，一个人孤零零地待在西千佛洞，我们有点不放心，把他调回来吧。"但吴师傅不愿意回来，他说："这里好，清静。"吴师傅终其一生守护着莫高窟。吴师傅精心经营和管理的莫高窟和西千佛洞的林木，使我们在干燥的荒漠中有了一片绿荫，戈壁滩上有了一片清凉的世界。

在逝去的岁月中，窦占彪和吴兴善两位工人师傅，终其一生守护莫高窟，他们在平凡的岗位上默默无闻、勤奋敬业，为石窟文物保护、为莫高窟营造绿色的环境作出了非常可贵的奉献。今天，两位师傅虽然离我们远去了，但他们的业绩尚存，精神犹在，让我们大家缅怀他们，学习他们尽职尽责、忠于职守的精神！

写于 2016 年 6 月，于 2017 年 10 月 19 日我的二女儿孙晓华重新整理此文

首位长眠莫高窟的雕塑家

我的老伴李其琼于2012年过世之后，次年安葬在莫高陵园里，那里埋葬着不少去世的老同事及为莫高窟文物保护研究事业作出贡献的人。其中一个墓碑上书“李仁章同志之墓”。李仁章何许人？了解的人不多了，现在许多在敦煌研究院工作的人也不知道他是何人。这是一位为敦煌石窟工作而牺牲并埋骨沙丘的鲁迅美术学院年轻教师，去世时年仅32岁。

李仁章是为石窟工作而牺牲的，时隔几十年了，我还有着清晰的记忆。虽是令人伤痛的往事，但深刻的记忆印在脑子里，无法抹去。

李仁章，1931年出生在山东省文登县，他少小离家，是人民军队培养起来的文艺战士，烽火中他以画笔为刀枪，锻炼成长，后来还担任过文工团的舞美队队长。1955年他考入鲁迅美术学院雕塑系继续深造，1959年参与创作组雕《庆丰收》。

话得从头说起，20世纪60年代，常书鸿先生及所里的同事都觉得，1966年是莫高窟建窟1600年，研究所应该有所表示，最好在北京举办一个大型的莫高窟艺术展览。经常书鸿所长请示文

* 1964 年，敦煌文物研究所职工在敦煌佛爷庙前合影

化部齐燕铭副部长，部长的答复是："你们积极筹备。"

敦煌文物研究所马上召开会议商讨此事。大家认为，纪念建窟1600年的敦煌艺术展，非常需要一些新临摹的壁画及彩塑，但时间紧迫且人手不够，最后会上决定通过上级部门协调向鲁迅美术学院请"援兵"。

常书鸿所长打电话联系协调后不久，鲁迅美术学院派来了一男两女三位雕塑教师。男教师就是李仁章，年轻阳光，性格开朗活泼。雕塑临摹工作安排后，两位女教师在第328窟临摹塑像，李仁章老师在第419窟临摹隋代菩萨塑像。来到敦煌，他们被莫高窟的精美艺术深深吸引，对临摹工作十分热情认真。三个人每天爬高上低，很是辛苦。

1964年10月16日，我国成功爆破了第一颗原子弹，当晚在收音机听到这一振奋人心的好消息，大家欢欣鼓舞。第二天早饭后，李老师还一直处于兴奋状态，在去洞窟的路上都哼着歌曲。

当时他工作的第419窟前面正在进行加固工程，施工面正好在第419窟前，施工的脚手架及坡道也在附近，上下洞窟非常方便。李老师在窟内工作很专心，一上午都没有出来过。中午，工人下班去吃午饭，我也在附近。这时候，我忽然听见有人惊慌失措地大叫："出事了！快来人！"

我和几个人急忙朝喊叫的那边走去，就看见在第419窟前的脚手架下抬出了一个人。原来是李仁章从脚手架上摔下来了，人已经动不了，伤势看起来很重。

由于莫高窟医疗条件有限，需要马上把人送到县医院抢救。这时候所里安排人急忙把卡车开了过来。大家很快把李仁章抬上汽车。我看到李仁章身下是行军床并垫上了被子，车上已经有七八个年轻人。我在车下，只听见李仁章轻声说："我冷。"声音非常虚弱。卡车一路颠簸，驶向了县城。

*研究所工作人员在美工室临摹壁画

大概中午之后，有人从医院打电话说李仁章伤势严重，虽没有明显的外伤，但人已经处于昏迷状态，医院正在继续观察，情况不太乐观。直到下午四时许，电话打来了，告知李仁章已经停止呼吸，去世了。大家一下都愣住了。

李仁章与我相处时间不长，但他的形象历历在目：年轻，健壮，生机勃勃。我怎么也不敢相信他的生命一下子就消失了！

*莫高窟第130窟以北石窟群（李贞伯1956年摄影）

事情已经发生了，常书鸿所长当即给沈阳的鲁迅美术学院打了长途电话，通知了这不幸的消息。我不记得是买的棺木还是请木工赶做的，美术组的画家们还在棺木上精心彩绘，把逝者装殓入棺，等待鲁迅美术学院有关领导及家属的到来。

大概一个星期之后，鲁迅美术学院副院长来了并告知，李仁章家属同意不把遗体带回沈阳，火化后把骨灰带回去。

敦煌及附近没有火葬场，常书鸿所长把任务交给办公室主任王佩忠和我两个人。我

* 1964 年，莫高窟南区崖体加固工程现场

又找到窦师傅，经过商量决定在现在陵园附近的一处陡坎处挖一个土窑火化。

第二天上午，我们三人来到火化窑前，选了些骨灰装了一小盒，交给常书鸿所长。常所长又转给鲁迅美术学院的副院长。虽完成了任务，但我感觉很沉重、很压抑。

关于李仁章的后事，他家里有父母、年轻的妻子和幼小的孩子，除了一次付给抚恤金之外，研究所还为他申请了烈士，抚养他的孩子到十八周岁。

李仁章老师应该是 1949 年后敦煌莫高窟因公牺牲的第一位雕塑家，如果不是早逝，其前途不可限量。

＊1981 年，宿白先生与敦煌研究院职工在一起（前排左 6 宿白、左 2 孙儒僩）

宿白先生与敦煌的不解之缘

惊闻先生 96 岁高龄仙逝，虽然已是长寿老人，但仍扼腕叹息！回首往事历历在目，与先生交往的故事如在眼前，难以忘怀。

1952 年 5 月下旬，段文杰、史苇湘、欧阳琳、黄文馥和我五个人在西北文化部休整。收到常书鸿先生电报，我们得悉文化部安排宿白、赵正之、莫宗江、余鸣谦四位先生要来敦煌。我们几个人与四位先生在西安相遇，四位先生对敦煌非常感兴趣，与之相聚，滔滔不绝，曾问及敦煌和莫高窟各方面的情况，我们也详细

* 20 世纪 50 年代，敦煌文物研究所部分职工在新创作的作品前合影（左起欧阳琳、霍熙亮、李承仙、冯仲年、常书鸿、万庚育、李复、李云鹤、何治赵、史苇湘、段文杰、李其琼）

地做了介绍。当时文物局已经同意我们去北京一趟，不能随同四作专家回敦煌，错过了一次很好的学习交流机会，成为终身的遗憾。

当年9月，四位先生结束了在敦煌长达四个月的研究考察。他们走后我们也从北京回到了敦煌，又一次错过了当面请教的机会，很是惋惜。直到1954年常书鸿所长带回由陈先生整理的四位专家的记录——《敦煌石窟勘察报告》一文，详细分析了敦煌石窟各方面的研究与论述，对石窟病害的分析及近期、长远保护规划进行了很详细的论述，提出了保护意见。对于我们从事保护工作的人员来说，无疑是得到了一本天书，欣喜万分。常所长组织全体业务人员认真学习讨论考察报告，最后由我汇总写成一份补充说明，上报《文物参考资料》。

1955年，第二期《文物参考资料》全文发表考察报告，补充说明也随文发表，补充说明附录了考察期间修建的临时保护窟檐等照片。其中一张就是该期的封面，第458窟、第459窟还是当时修的临时建筑。这些宝贵的资料七十多年了还在发挥作用，都是当时考察组专家们共同的业绩。

宿白先生曾多次来敦煌莫高窟考察讲学，为敦煌研究院培养了一批热爱敦煌事业的优秀学者，开

* 1964 年 11 月，宿白（右 3）、王静茹（右 4）、李承仙（右 5）等人合影

启了敦煌学从理论研究到具体保护的新纪元，宿白先生功不可没。宿白先生在美术教育与研究，以及诗书画印方面造诣深厚，学识渊博，在敦煌期间留下了不少的书法、印章，成了艺术瑰宝！

先生仙逝，精神永垂不朽！

重回莫高窟

被迫离开莫高窟

1969年3月25日，单位上大联委命令我们夫妇携带三个未成年的子女在3月底离开敦煌，我们只得把多年积累的大部分业务书籍拉到敦煌县废品站，以六分钱一公斤的价格当废纸卖掉了，真是可惜啊！一时不好处理的生活用品也托人变卖了。

记得1969年3月28日那天一早，天色微明，汽车行走在莫高窟光线昏暗的树林中，石窟群隐约可见，这是我们夫妇相伴并为之辛勤工作了二十多年的地方！现在被迫要离它而去了，我当时在心中暗自说："再见吧！莫高窟。"但我心里又暗自否定这一想法：别再自作多情了，能回来吗？是不是有点痴心妄想啊？车中的人们互不交谈，悄无声息，气氛沉闷抑郁，心情烦乱，不知不觉在颠簸中到了柳园火车站。我赶紧买了五张硬座票，寄交了搬家的行李，为了省钱身边还带了不少行李。就这样，从敦煌到成都大约2500公里的行程中，我们一家老小就蜷缩在车厢中，担心行李丢失，两天两夜不敢合眼，终于抵达成都，又辗转回到我的故乡——新津县。

初回新津县

新津县公检法的一位军代表找我谈话，详细了解我们的情况，他说：“几千里外回来了，我们总得想办法吧。”后来经他联系，我的老家所在地——永商公社勉强同意收留我们。

在去永商公社之前，我们在新津县东街一个小旅舍住了八九天，天天在饭馆吃饭，无奈当时囊中羞涩，两手空空，每顿只吃泡菜米饭。幸好公检法的军代表安排我们去永商公社，大概在1969年4月上旬的一天，我们一家大大小小五口人背上行李，坐船渡过南河，在船上我望着悠悠流淌的南河水，心潮起伏。南河——我的母亲河啊，你清澈的河水能抚平我们心灵的忧伤吗？你不争气的游子回来了！即将与家乡的父老见面，我向他们述说什么呢？真是“近乡情更怯”。说实在的，我和老伴在敦煌二十多年间为敦煌石窟的保护和美术研究贡献了我们的青春年华，但是为什么会这样呢？

当我们一家老小背着行李踏上永商家乡的土地，我不知道故乡的父老乡亲如何对待这衣衫不整、疲惫不堪的游子一家。故乡的山河依旧，而我身心倦息。一路上看着三个儿女背着行李，步履艰难。找到永商公社所在地，我们一家在公社院门口坐下，不少农村的小孩大人好奇地围拢过来看我们。

后来公社负责人宋少云商谈我们的安置问题。我听到

孙儒僩、李其琼夫妇与子女

1997 年，李其琼先生为中国历史博物馆（现为国家博物馆）临摹莫高窟第 254 窟《舍身饲虎》图（现为该馆收藏）

主任说：“你送来五个人，他们首先要有房子住，得吃饭。你说没有带来安置费，你叫我们怎么办？下一步他们要劳动，就要农具，说得清楚点，像什么粪桶、锄头、镰刀、箩篼等各种农具。要生活就得要住房子，要锅碗瓢盆等，哪一样都得花钱，少说点总得一两千元吧，我们现在的生产队穷得连买条牛绳子的钱都没有，我们可是没有办法安排这五口人的生活，你说咋办？”送我们来的人说：“我不了解情况，只有打电话向单位请示。”当天他就以到县上打长途电话为借口一走了之，把我们五口人扔给公社。我们被悬在空中了，我们吃什么？喝什么？怎么生活下去？

下午公社负责人宋少云问明了我们的情况，他说：“听说你是永兴场的人，但那里人多地少，一个人还不到五分地，你们是下来劳动吃饭的，就说你们家还有房子，但现在住着别人，你总不能把人家赶出来吧，我想就把你们安顿在公社附近吧。”我们表示：“服从公社的安排。”他当时既没有训斥我们，也没给我们难堪，而是替我们着想。就这样，在无处存身的情况下，我们一家人被安排在公社住，也在公社食堂吃饭。

第二天，有人就把我们带到公社所在地的十二大队三中队山边上的一处小院子，一个很有派头的中年人（后来我才知道他是生产队长贾云修）指着两间不成样子的房子说：“你们就安顿在这里，过两天队里抽调几个人帮你们把房子收拾好，你们先把房子打整一下。”一看，就两间房架子，上无片瓦，下无墙壁。柱子上还拴着两条大水牛，地上的牛尿牛屎把地面和成了稀泥。第二天我到成都办事去了，老伴李其琼毫不犹豫地带着三个子女挖地三尺，把粪水清除干净，再挖来好土垫上。过了几天，队里安排了四五个社员，也就是我们后来的邻居，花了几天时间把房顶的瓦铺上，墙壁上糊上一层泥，房子算是收拾好了。一间半是卧室，半间是厨房，实际是过道，五个人居住虽然不宽敞，但它毕竟是我们遮风避雨的家，是赖以生存的地方了。

到“乔迁新居”之时，我们在公社食堂已欠下了二百多斤粮食（粮食是定量供应，由于我们一家五口来这里没有办理任何迁移手续，因而也就没有粮食供应关系，在生产队劳动期间，没有收获粮食之前都是以上一年的存粮为续），弄得公社只有五六个人吃饭的食堂揭不开锅了。凑巧县上粮食局的一位管乡员了解了我们的情况，慷慨地批给了我们二百斤粮食（粮食钱还得我们自己掏），但粮食在新津县粮食局的仓库里，我和老伴向相邻的生产队借了一辆架子车，从十几里外把粮食拉回来归还给公社食堂，解了我们的燃眉之急。

在落脚几个月之后，单位上才把我们被冻结的存款一千四五百元汇到公社。公社工作人员陈德安问我，这是什么钱，我说是我家多年节约的存款。他说这钱虽然是你们的，生产队为你们修理房子、买农具、家具也花了些钱，你们单位又不给安置费，只好从这笔钱中扣五百元给生产队，余下的钱我们帮你保管着。后来他分批把钱给我们了，这不多的一点钱捏在手里从不敢乱花，左邻右舍向我们借十元、二十元，甚至一二百元，生产队借去三百元买打米机，我们也毫无保留予以支持。当时公职人员的收入也不高，我们夫妇手头有那么一点钱，相比之下就显得比农民稍稍宽裕一点，但如果再过三五年这点钱花完了也就和当地农民一样了。除了这一笔资金之外，我的两位家兄，不时给我寄点粮票，老伴的亲妹妹从西安寄来一台缝纫机，这在当时的农村算是一笔小小的资产了。

* 孙儒僩在家中

在一切初步安顿好了之后，我回老家永兴场看望我的嫂子们。我的大嫂还给我煮了一碗荷包蛋，当时我吃在嘴里，暖在心里。我的四嫂在场镇上的食堂服务，她的生活本来就很艰难，但还在食堂请我吃了一碗面，我深深地感到亲情的温暖。我的侄儿显晴在我安家的过程中给了我许多帮助，亲自帮我修厕所、打粪坑，至今我记忆犹新，同时心怀感激。

在生产队劳动

大概在 1969 年 4 月，我们逐步开始参加队上的生产劳动，白手起家什么也没有。左邻右舍的大娘大嫂教我们如何安排生活、如何安排劳力，说要尽力多挣工分，要多积肥，还说“富不丢书，穷不丢猪”，一定要养两头猪，有了猪才能攒肥，才能挣工分，也能种好自留地。我说我们没有多余的房子也没有猪圈、茅厕（粪坑）。他们说可以先买一对小猪仔拴在树上喂着，等猪圈修好了就可以上圈了。一直到当年的秋天，为了生活和生产的需要，我们又修了两间极其简陋的草房。一间是生活用房，另一间是猪圈和茅厕。第一年我们分到了夏粮和秋粮。因为我们是逐步学习，劳动所得连粮钱都没有挣够，当年欠了队上六十八元钱。

基本安顿好了之后，我们就让小儿子去商隆场小学继续上学，但儿子执拗地说：“我不去上学。”老伴说：“你还小，不上学做啥？”儿子说：“我放牛去。”劝说了一阵他还是不去，还和我们顶嘴说：“你们不是上了学吗？又做啥了？”我们无言以对。经过多方劝说和批评，甚至我还动手打了他，儿子才去上学。农村的小学每天只上半天课，下午跟着别的小孩去放牛，顺便带着一只拾粪的粪筐，有时看见儿子拾了满满一筐牛粪很费劲地提回家来，自豪地说：“拾一百斤粪可以记五个工分。”

我们的两个女儿当时才十四五岁。我和大女儿是家里的主要劳力，种自留地、挑粪、担水都是老大的事。二女儿个子长得快，很快就成了家里的全劳力。子女们都很懂事，能体谅家里目前的处境，努力劳动，努力学习农业技能，很快成为拔秧和栽秧的能手。虽然我们高兴，但还是为她们过早地挑起生活的重担而感到不安，并为她们今后的前途担忧。在当时的环境下，他们失去学习文化的机会，就是将来当农民，没有文化也会很困难。但是出路何在呢？这是我们非常苦恼和困惑的问题。

我在单位上曾经受过长期的劳动锻炼，在敦煌从事农业劳动时一般都使用牛车或是小架子车，但永兴公社地处浅山丘陵区，田地都在山坡上，农业劳动全靠肩挑背扛。我们家有三个劳动力，买了两副粪桶。头一年，我和大女儿孙毅华首先挑起粪桶参加队里的劳动，八九十斤甚至一百多斤的担子压在肩头上，走平路还勉强可以应付，挑起粪水上坡两腿就不听指挥了，步履蹒跚，生怕连人带粪桶一起滚下山坡。我们咬紧牙关硬挺着爬上坡坎。我感觉最苦的是下雨之后，山路泥泞，又湿又滑，连鞋也给粘掉了。秋收季节，我看着那些每天挣十二个工分的全劳力在水田边上挑二百多斤的水谷子健步如飞，心里真是佩服得很！但又觉得农业机械化在农村实在是太重要了，人的体力毕竟是有限的。

秋收季节农民要交公粮，队上收了玉米棒子以后，要分到各家各户去脱粒晒干。队长千叮咛万嘱咐，说上交公粮是农民给国家应尽的义务。每到交公粮时队长都要交代：一定要把粮食晒干簸净，把最好的粮食交给国家，不能有一点马虎。这种安排让我深受感动。

当时农民贫困，吴国成叔侄二人都是壮劳力，吃的菜就是大蒜拌盐或青辣椒拌盐。他的自留地也种了菜，自己是舍不得吃的，菜卖了得换点零花钱。那时生活用品都是定量凭证供应，我们的邻居晚上很少点灯，我家还勉强点了一盏煤油灯。入夜之后，左邻右舍就到我家闲聊。

我们回去不久就收割了油菜，在给国家上交油料之后队里给我们每人分了一斤半清油，全家共分了 7 斤半菜油，这就是我们一家人全年吃的油，平均每人每月只有一两多一点。

1969 年 6 月，我们买了一对小猪，喂到来年 2 月卖了一头，收入 48 元；到 4 月份又卖了一头，收入 83 元。当时我就听说，农民喂了肥猪自己不能杀了改善生活，只能卖给商业部门，商业部门再返还一定数量的肉票给养猪的农民。肉票要交给生产队，由队里把肉票统一分配给社员，社员再用肉票去买肉。我们家喂猪是老伴李其琼的事。当时她还学了一些喂猪的知识。那时农民说喂猪是不赚钱的，只是零钱凑整钱和为了集一点粪肥。我们没有算过细账，但也确实挣不了什么钱。

在农村一年多，我逐渐安下心来专心从事农业劳动。前半生在敦煌的事我不愿再想了，农业上的事由生产队长安排，他让干什么我就干什么。鸡不能多养，自留地的菜也不能多种。亲戚们送来一台缝纫机，我原来还有照相机和收音机，生产队的一位副队长说：“你们把几百元的机器白白放在家里真可惜！”我说：“那怎么办呢？”他也没有回答。我想中国有那么多人在农村过日子，我一样过吧！能劳动就有饭吃，大半辈子我们都过来了。

我们当时不能随意离开农村，要去哪里必须向生产队长请假。那时老伴李其琼的母亲还健在，居住在成都，距离我们在新津的家只有五六十公里路，但是在农村的几年，老伴很少去新津或是成都，她从来没有对这些事情表示不满。根据生产队的安排，每一家都要留一人在家里，除了为家人做饭，一个重要的事就是喂猪，切猪食，煮猪食……我觉得这比农业劳动还要紧张和劳累。广播上介绍喂猪的新方法，一般的猪食不用煮，用发酵的饲料比较营养。她也不断地学习，几年时间卖了多头肥猪。

她起早贪黑操持家务，这才使我们一家人免于冻馁，能吃饱穿暖，孩子也能健康成长，她既承担了繁重的家务劳动，又要承受精神压力。我们与邻居和睦相处，平安无事。我家每年除了分得口粮外，还可以分一百多元钱，已经是所谓的进钱户了。

农村劳动的感触

几年的农业劳动经历异常艰辛，但并无太多值得特别记述的内容。不过，仍有几件事反映出当时农村不仅缺少资金，也缺少文化。

现在农业生产普遍用塑料薄膜，但在20世纪70年代，还

孙儒僩先生

是比较少的。当时公社安排生产队使用薄膜育秧以提早插秧的时间、增加水稻的产量，生产队挤出点紧缺的资金购买了薄膜，队长安排一位知识青年和我进行育秧试验。这完全出乎我的意料，队长把关乎生产队夏粮生产的育秧新技术交给我一个半吊子农民。队长向我们交代了技术要求，我和这位小伙子几天之内兢兢业业看守塑料棚，仔细观察秧苗从发芽到生长的过程，昼夜定时察看棚内的温度，经常用喷雾器给小苗喷水，总算不负使命育出了秧苗。

沼气池不仅可以用来煮饭、煮猪食还可以照明。对于缺少燃料和电源的农村来说，修沼气池真是个好事情。生产队积极响应，但是缺少资金，除了花钱买点水泥，社员上山取砖，请来专人指导几天时间修成了，但不产沼气。问题是密闭性不好，池体漏气，试验失败了。缺少技术和资金，我们连继续试验的能力都没有。我本来也想给自家修建一个，但一看这结果，加之在水电站劳动，也就只好作罢了。

我们在生产队劳动有时也发挥点自己的特长。有一次，公社畜牧兽医站的工作人员请李其琼画一头肥猪，其上注明猪身上各个部位的名称。老伴认认真真地画了一幅，公社畜牧兽医站的工作人员看了后十分满意。

有一次生产队队长问我："老孙，你在单位是干啥子工作的？"我说："我学的是修房子，可以画图。"他说："你会测量吗？"我说："简单的可以。"他说："你想办法测量一条水渠，把水从水塘引到坝上的田里。"本来这是一项简单的技术工作，但我连一件最简单的测量仪器都没有。队长让我想办法，于是我找了三条小木片，钉成一件土仪器，用人的头发丝吊上豆大的小泥蛋，成为可以找平的照准仪。队长给我打下手，我用自制的土仪器、竹竿、钢卷尺、小凳子实施测量。花了半天时间测量后，再经过简单的计算就确定了水渠每一段的断面需要挖和填的土方。队长让社员按照我的施工要求挖起了水渠。公社主任宋少云

旅途中的孙儒僴先生

说："老孙，你这条水渠某个地方太高，水可能过不去。"我只得说："试试看吧！"实际上我也没有太大的把握，因为毕竟是土仪器嘛。不过水渠修通一试水，竟然很顺畅地把水放到田里了。后来就有别的大队请我用这个土仪器到山里去测量水渠，居然也帮人家把水渠修成了。

在水电站施工

永兴场水电站 1958 年就动工了，当时开挖了两公里引水渠，20 世纪 60 年代初因自然灾害而停止。1971 年秋收过后水电站重新要上马。公社从各大队抽调民工开始施工。我也是被派去参加挖渠的民工。第一天重新测量从孙家坝到朱拱桥的引水渠断面，我是以民工的身份被派去拉皮尺、拿标杆的。后来不知为什么，领导竟要我参与一些技术工作，并要我管理水电站基坑开挖的工作。基坑开挖每天都要实施爆破，我有点提心吊胆。因为工地临近公路及南河边，每到逢集的日子，公路上人来人往，南河上也不时有船航行，每天下午收工时集中放炮。我真怕一旦出事故或伤了人，因此我特别小心，每到放炮时把警戒放得远一点，亲自查看要放的炮数，若发现有哑炮，我一定和民工一起到基坑里处理炮。不幸的事情还是发生了，有一天放炮时一块石头被炸得飞过了小山把农户的一头小猪砸死了。工程指挥部赔了14元钱，没有追究我的责任。在水电站施工期间，我兢兢业业，处处小心，与大家和睦相处，人们也尊敬地称呼我“孙施工”。

当时我是民工，但没有和其他民工一起吃大锅饭，而是和公社干部一起吃饭，这是对我的优待。没有工资，工程上一天补助副食费几毛钱，我有时在河边打鱼船上买几毛钱的小杂鱼，再向附近的农家要点酸菜在锅里一煮，虽是粗茶淡饭，但仍觉得鲜香无比。

我对电曾是外行，那段时期也学到了不少关于电的知识。工程领导有时给我说：“老孙，好好干，水电站修好以后，你就在这里工作吧。”当时农村家庭如果有一个月收入三四十元的人，那就是天大的好事。记得我们一家人1971年除了分粮食之外，一年下来只分到现金一百几十元，生活很艰难。如果我真的能在水电站谋得一份小差事，今后的日子或许会稍好一点。

1972年，我继续在水电站当施工员，有时亲戚来看望我们，亲戚有的是大工厂的干部或是学校教师。民工们就问我：

“孙施工，是不是要给你们落实政策了？”我说：“没有的事。”他们又说：“我们经常看见有干部来找你。”我虽然不敢奢望，但有时静夜自思，不免回望我前半生在敦煌的岁月，为什么命运如此艰辛？我和老伴在敦煌备尝生活的艰辛，在石窟保护和美术工作是留下了业绩的。在农村的几年，家乡的父老乡亲收留了我们，在生活上还给予了我们不少帮助和支持，让我们感受到了温暖，我至今感激不尽。

当时想着三个尚未成年的子女，没有受到教育，没有技能，他们的日子还长着呢，以后怎么办？这是我那时内心深处最大的伤痛，可又无能为力。我总是心里暗暗有一种期盼，希望哪一天这种生活会有变化。

踏上回敦煌之路

1972 年，我正在水电站工地上忙碌着，我住的工棚就在南河之滨，那是儿时生活的地方。虽然是被迫回归南河之乡，但也给我带来了亲近南河的绝好机会。它时而平静，时而波涛汹涌。我每天在南河旁感受晨风吹拂，欣赏暮色余晖的美景，倒也觉得心旷神怡。这既是对心灵创伤的抚慰，又是不幸中的幸事。这一年的 11 月初，水电站工程指挥部在永兴场政府开会商量下一年的施工计划和经费安排，并由我执笔写成报告。

正在写报告时，一位公社干部进来叫我：“老孙，写完没有？外面有人找你。”“是谁？”“是一位军人，说是从敦煌来的。”我很奇怪。“请他等一会儿，我的报告就快写完了。”话是这样说，但实际上是我心里有一股气。后来我把报告交给雷主任才去见这位军官。他自我介绍道：“我是敦煌文物研究所的军代表，从敦煌来到这里接你们回去。”事出突然，我沉默了一会儿。他把甘肃省革命委员会政治部关于让我们回原单位工作的决定拿出来，同时他说：“事情很急，你们几天之内就得动身。”我说：“太突然了，我还得回家和李其琼商量一下再说。我在这里修水电站的工作也得交代一下。”雷主任说：“老孙，工作的事情不要操心，你陪军代表回你家去商量吧，这是个人的大事。”

我陪同军代表步行到水电站基坑工地，拿了几件衣服回家。正巧河边有一条小木船要到新津县，顺路可到商隆场的我家，商隆场也是公社所在地。上船后我准备付两毛钱的船钱，可掏遍了上下衣服的口袋，身上竟没有一分钱，真是难为情，没办法只好向军代表说我身上没有带钱，借我两毛钱吧。于是军代表替我付了两毛钱的船费。

我是很喜欢坐南河船的，船在南河上慢悠悠地行进着，青山绿树缓缓地向后移动，但此时我心潮起伏，几年来的生活因何而起？回到敦煌等待我的又将是什么？船到了商隆场，我领着军代表先到公社，然后又到家里见了李其琼。军代表进一步说明接我们回敦煌的事，李其琼也说要考虑一下。本来我为军代表联系了住宿，但他一定要住在我们家里，这让我们很为难，房屋狭窄，床铺简陋，农家的饭食更是清淡，但也没有什么办法。当夜我和李其琼反复考虑，最后还是决定返回敦煌。

农业户口转为城市户口是十分困难的事，从军代表来了的第二天我就为此忙碌。除了转户口，还得转粮食关系，当年我们一家的口粮已经分到了，转粮食关系得把现有的粮食交到县粮食局的仓库，粮食局再出具证明按城市户口给我们供应粮食。当年我们分到的粮食除了已经吃掉的，还剩余四五百斤，我雇了一只小木船，请了两三个邻居帮助我把粮食挑到船上，从水路送到新津县粮库，这才办了粮食关系和户口迁移等手续。

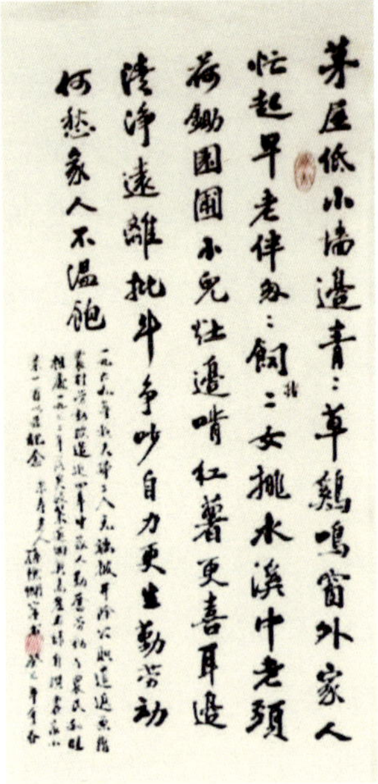
孙儒僩先生书法《谪居小景》

我们把一对架子猪低价卖了，一对小猪送给我老家的大嫂，不再需要的农具、家具和衣物送给周围的邻居。当我把一件棉衣送给一位乡亲时，他说："我就穿上了。"临离开的几天，老家的老嫂子、亲侄子都来给我们送行，生产队的乡亲们也来看望我们，还有的乡亲说："别走了，那么远的，听说那里天寒地冻的，我们这里不好吗？"我说："我吃了20多年公家的饭，走不走也由不得我。”

我们一行告别了家乡的南河，当天到了成都。家兄第二天要为我们饯行，军代表说马上就得走，家兄预感到我们返回敦煌的情况不妙，等待我们的可能不是什么好事。不过我们很坦然，在各种艰难和风浪面前已经处变不惊了，我们一家五口又踏上了回敦煌之路。

多年以后，我回忆当年在农村的情景，曾赋打油诗一首《谪居小景》：“茅屋低小，墙边青青草，鸡鸣窗外，家人忙起早。老伴匆匆饲猪，二女挑水溪中。老头荷锄园圃，小儿灶边啃红薯。更喜耳根清净，远离批斗叫嚣。自力更生勤劳动，何愁家人不温饱？”聊作那几年农村生活的纪念吧！

2011 年 7 月完稿于兰州

2016 年 6 月改于兰州

一位莫高窟的孩子走了

孙鸣，祖籍四川省新津县，1957年2月8日出生于甘肃敦煌。随父母在莫高窟度过童年，因莫高窟地处偏僻，人员不多，没有兴办学校，孙鸣幼年时即到敦煌住校上学，生活上缺少父母的关爱。高中毕业后下乡插队。1979年招工到兰州，分配到甘肃省人民医院办公室。孙鸣为人和善，工作勤恳，后调至医院放射科学习业务，并安排到甘肃省医士培训班学习两年，结业后仍回到放射科工作并获技师职称，直到退休。

1981年经朋友介绍，孙鸣结识甘美玲，逐渐往来密切，渐有情感，于1984年10月成婚，1986年4月女儿孙扬出生，生活和谐，家庭幸福。

孙扬学业有成，2001年获中国传媒大学硕士学位，并就职于新华社新华网。2015年获美国密苏里大学的奖学金攻读硕士学位。

孙鸣自幼生长于莫高窟，母亲是美术家，从小耳濡目染，自幼酷爱美术，画画成为他的业余爱好。曾在母亲的指导下，他学习临摹敦煌壁画，经多年锻炼小有成绩，其临摹作品颇受亲朋的赞誉。

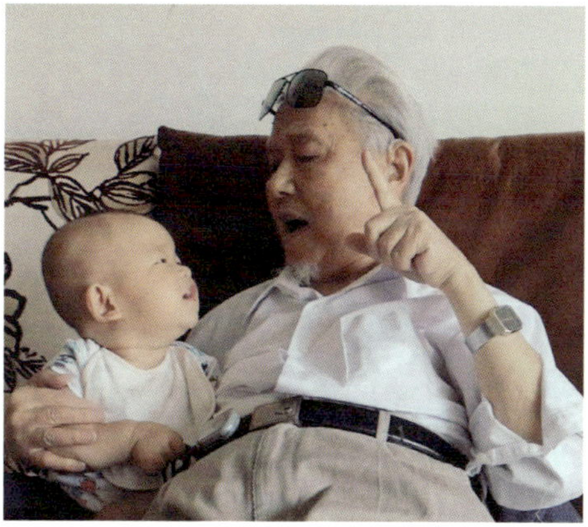

2017 年，孙儒僩与重孙交流，享受天伦之乐

2016 年 10 月 17 日，孙儒僩老先生 91 岁生日时与孙鸣的合影

孙鸣遗照

孙鸣临摹的敦煌壁画

我们夫妻俩在两次运动中均受到打击，累及三个未成年的子女，子女们的身心受到极大的伤害，并备尝生活的艰辛。幼小的孙鸣在奔波中身体遭受风寒侵害，造成隐患，后发展成严重的心脏病。

1996 年，孙鸣被迫进行了一次心脏大手术，经治疗后痊愈。几年前的体检中又发现他是丙肝病毒携带者，加以心脏手术后已越二十年，心脏常感不适。几年来不断治疗，终因多种并发症，病情日益严重。

2017 年 11 月 18 日，孙鸣病故，终年六十一岁。家人在伤痛之余让逝者入土为安，择吉于十一月二十二日安葬于兰州东岗龙凤园陵园吉地。

孙鸣安息！

九十三岁老父：孙儒僩 哀撰

甘美玲、孙扬附笔哀挽

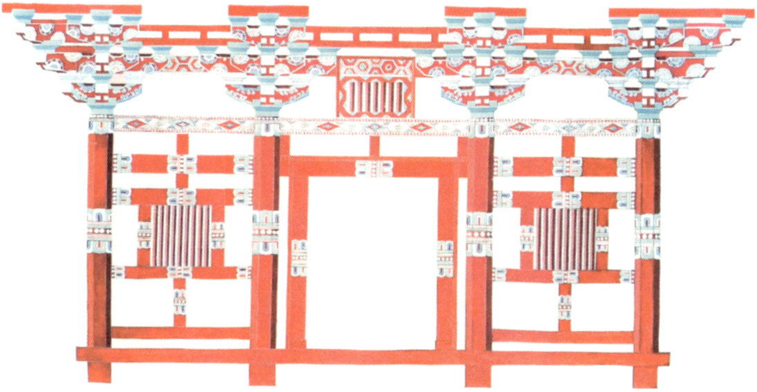

孙儒僩 1947—1949 年的临摹品

孙儒僩 1947—1949 年的临摹品

孙儒僩 1947—1949 年的临摹品

孙儒僩 1947—1949 年的临摹品

后记

我的父亲孙儒僩老先生今年已是97岁高龄的老人，现在耳聋眼花，但常常回忆起当初从成都赴敦煌一路的艰辛，以及在莫高窟工作的几十年过往，魂牵梦绕总是莫高窟的往事。特别是这十多年来，不断有人打听莫高窟曾经发生的一些人和事情的原委，也勾起老人很多回忆，老父亲就不断地将一篇篇回忆录发表在网络上。后来年事更高，视力减退严重，就将手稿或回忆录录音一并交给二女儿孙晓华整理。有些时候也用微信一段段地写好后发送在网络上，由网络编辑人员整理发表，不知不觉中已经陆续发表二十多篇回忆性短文。今有甘肃文化出版社愿意将这些回忆录出版，作为子女，我特别感动，因此将网络上的回忆录收集整理提交。

最后感谢为老父亲发表了很多回忆文章的“当代敦煌”网站，也感谢甘肃文化出版社为老父亲出版这本回忆录。

孙毅华

2022年4月2日于兰州